KB120833

아직은 그렇다고 하자

아나키스트의 날들이라 하자
아직은 그렇다고 하자
꽃의 공화국
나비의 정부
거미의 청사가 없는 날
우리에게 공화국은 없다고 하자

그렇다고 하자
해바라기도 달개비꽃도 나치고 청순무도
그래도 떠돋으로
산 태양의 추종자일뿐
아직은 아나키스트의 날들이라 하자
당분간 그렇다고 하자

문지시인선 0126

사랑, 그 백년에 대하여

시작시인선 0126
사랑, 그 백년에 대하여

찍은날 ㅣ 2010년 11월 25일
펴낸날 ㅣ 2010년 11월 30일

지은이 ㅣ 김왕노
펴낸이 ㅣ 김태석
펴낸곳 ㅣ (주)천년의시작
등록번호 ㅣ 제300-2006-9호
등록일자 ㅣ 2006년 1월 10일

주소 ㅣ (우110-034) 서울시 종로구 창성동 158-2 2층
전화 ㅣ 02-723-8668
팩스 ㅣ 02-723-8630
홈페이지 ㅣ www.poempoem.com
전자우편 ㅣ poemsijak@hanmail.net

ⓒ김왕노, 2010. printed in Seoul, Korea

ISBN 978-89-6021-146-9 03810
      978-89-6021-069-1 (세트)

값 8,000원

＊이 책 내용의 전부 또는 일부를 재사용하려면
   반드시 저작권자와 (주)천년의시작 양측의 동의를 받아야 합니다.

사랑, 그 백년에 대하여

김왕노 시집

2010

그리움에도 푸른 마디가 있다.
그 마디는 해마다 굵어져 더 큰 그리움을 지탱한다.
그리움의 이파리 이파리를 끝없이 피어나게 한다.
울울창창 그리움의 상전벽해를 이룬다.
시는 그리움의 실체다.
오지 않는 것에 대한 기다림이다.
때로는 시로 인해 내가 운다.
때로는 시가 나를 운다.
칠흑의 밤 아니면 하늘 너무 맑을 때 운다.

2010년 초겨울 정림에서

■ 차 례

■ 해 설

사랑의 빈 지대를 가로지르는 알레고리와 리비도의 이중주

I

없는 사랑에 대한 에스프리

오늘도 새파란 하늘 아래 풀만 눈부셨습니다.
만나지 못할 것을 압니다.
그래도 세월은 가겠지만
세월이 가도 만나지 못할 것을 압니다.

만나지 못하는 날에도 꽃은 즐겁고
새의 부리는
노래하며 기쁨에 물들어 노랗습니다.

오늘도 나는 없는 사랑을 기다립니다.
만나지 못하더라도
터진 그리움을 한 뜸 한 뜸 깁습니다.
만나지 못하더라도
나는 없는 사랑을 내 사랑이라 나직이 불러봅니다.

네가 나를 자작나무라 부를 때

네가 나를 자작나무라 부르고 떠난 후
난 자작나무가 되었다
누군가를 그 무엇이라 불러준다는 것이
얼마나 힘들고 때로는 위험한가를 알지만
자작나무니 풀꽃으로 부르기 위해
제 영혼의 입술마저 가다듬고
셀 수 없이 익혔을 아름다운 발성법
누구나 애절하게 한 사람을 그 무엇이라 부르고 싶거나
부르지만
한 사람은 부르는 소리 전혀 들리지 않는 곳으로 흘러
가거나
부르며 찾던 사람은 세상 저 건너편에 서 있기도 하다
우리가 서로를 그 무엇이라 불러준다면
우리는 기꺼이 그 무엇이 되어 어둑한 골목이나 전쟁터
에서라도
환한 외등이나 꽃으로 밤새 타오르며 기다리자
새벽에 오는 발소리라도 그렇게 기다리자
네가 나를 자작나무라 불러주었듯
너를 별이라 불러주었을 때 캄캄한 자작나무숲 위로
네가 별로 떠올라 휘날리면 나만의 별이라 고집하지 않

겠다.

네가 나를 자작나무라 부를 때 난 자작나무가 되었다

아 대한민국 하면서

버려지니 무수리니 야수니 짐승이니 아래 것이니
그러한 이름으로 사는 것이 적당한, 구차하지 않는
숨통을 물어뜯고 싶은 본능을 잠재우며 가는
오래전 수렵의 시대가 끝났다지만
어느 곳에나 있는 덫이니 함정이니 길목이니
그것을 피해서 가는
이렇게 살아있다는 것이 치욕이지만 살아야 하는

한 무리가 되어 서울을 떠도는 하이에나와
하이에나 서식지로 적합한 행정이니 자치구니 입법이
니 사법이니
아 대한민국이라 노래하면서
행동하지 못하는 나와 양심과 순결한 심장이니
견딜 수 없는 날이라면서 한 마리 고등어를 구워
가시를 발라내고 아침을 드는 내 허기진 식욕이니
이렇게 살아 있다는 것이 치욕이지만 살아야 하는

거짓 사랑을 고백하고 거짓 손을 흔들며
거짓 문장으로 남의 마음을 찾아드는 내 오래된 악습과
단숨에 숨통을 물어뜯고 싶은 어금니를 감추고

여전히 길 위에 선 내 가난한 꿈과 비루먹은 미래
그래도 취기로 내 욕망을 부풀리면서
짐승만도 못하면서 짐승으로 살려는 아 대한민국 하면서

편지

그대 나 잘 살지 않을 게요. 그대나 잘 사세요.
그대 나 잘 울게요. 그대나 울지 마세요.
그대 잘 가세요. 나는 잘 가지 못할게요.
그대 늘 무탈하세요. 난 난리 속에 살게요.
저를 단 한 번도 그리워하지 마세요.
나만 그대를 그리워하다가 잠들게요.
그대 내 이름 한 번도 부르지 마세요.
나만 그대 이름 부르고 부르다 늙어갈게요.

쇼 하지 마라

한때는 쿵쾅거리는 심장으로
너를 기다리기도 했다.
너에게 미쳐서
고함지르기도 했다.
암표를 사서라도 너를 보려 했다.
사람이 웅성거리면
너에 대한 사랑이라고
네가 떠나 사람이 흩어지면
다음을 기약하며 떠나는
아쉬운 작별이라고
숱한 미사여구를 찾아서 네게 갔다가 붙이던
한때 너에 대한 집착
한때 너에 대한 열광
한때 너를 향한 추종
하나 쇼하지 마라
너에게 미쳐 있는 동안 너는 멀리 떠나고 있었다.
다시 건널 수 없는 이별의 깊은 강을 만들고 있었다.

양수리

이 시대의 곡비 양수리 연꽃 주위에 다 모였다.
연꽃 안에 울음의 알을 낳으려는지
저 개구리들 곡비가 되어 온통 울음의 밤을 건너고 있다.
천지사방은 곡비의 울음으로 눈물 비린내
때로는 기습적으로 가슴에 쳐들어왔다가
봄비처럼 멀어졌다가 다시 쳐들어오는 울음
검은 도시의 조문을 끝내고
어디로 곡하며 가려는지 어디로 따라 오라는지
저 알 수 없는 연잎 위에 모인 곡비, 곡비의 울음

숙아 벌레가

숙아 이 도시가 벌레였다. 어디서나 근질거렸고 귀 속
에 입 속에 도시는 파고들어도 나는 도시를 잡거나 내쫓
지 못해 괴로웠다. 입 안에서 서물거리는 귀 속에서 바스
락거리는 징그러운 숙아 와서는 유행가 가사처럼 못 보고
가더라도 나마저 벌레로 어딘가에 살아 있음을 그레고리
잠자 같이 한 마리 갑충이거나 변태를 기다리는 벌레임을
알아 옛정에 매이지 말고 말없이 기다오. 내 이 벌레의 삶
에도 날개가 돋는다면 숙아 가다가 생이 다하더라도 너를
향해 나래를 칠 테니 숙아 고부에 삼례에 봄이 왔다는데
죽창처럼 싹들이 돋아난다는데 숙아, 숙아

숙아 난 이곳에서 벌레의 얼굴로 벌레로 벌써 인생의
오 할은 살았다.

갑충 날갯짓하다

어어 자고 일어나니 난 그레고리 잠자, 벗어버릴 수 없는 등딱지, 누구의 관심을 끌지 못하는 버둥거림, 어어 혀가 꼬이고 얼굴이 사라지고, 사지가 사라지고, 다리가 여섯 개, 더듬이 한 쌍, 이 기적의 소식을 더듬이를 꼼지락거려 텔레파시로 날릴 하늘이 다락방 위로 흐르고, 어어 자고 일어나니 그레고리 잠자, 가난한 날을 외판 하러 나갈 골목에 양귀비꽃은 붉게 피었다는데, 구두밑창을 닳게 하던, 두드려도 열리지 않는 무수한 문이 있던 골목에 청소차 지나가고, 문 밖에 내놓은 음식물 쓰레기 같은 날도 사라졌다는데, 난 여전히 버둥거리는 그레고리 잠자, 갑충한 마리

세일즈맨의 죽음에 나오는 윌리 로먼은 아직 이야기 줄거리 속에서 죽지 않았을 텐데 난 그레고리 잠자, 필사적으로 버둥거리는 갑충, 완전범죄로 알려진 사건의 전말이 드러났다는 신문기사에 시선이 들끓는데, 난 시선의 그늘에서 죽어가는 그레고리 잠자, 한 시대의 부산물, 어어 말이 사라지고, 내가 사라지고 난 한 마리 갑충, 멸시와 경악속에 버려질 갑충, 그러나 끝없는 이 버둥거림, 한때 내게도 피 붉은 청춘이 있었다. 새 운동화를 신고 산책에 나서,

24

길가의 꽃과 솜털 뽀얀 소녀와 마주친 적 있다. 아비규환의 오월을 지나 귀가하려 탄 막차도 있었는데 난 자고 일어나니 그레고리 잠자, 난 갑충 한 마리, 어어 이것은 내가 원하던 바가 아니야, 그러나 나는 갑충, 버둥거리는 갑충, 가족은 모두 소풍 나가고 난 죽어서 비로소 날아오른다. 죽음 속으로 가볍게 날아오른다. 난 그래도 그레고리 잠자, 죽어도 등딱지를 벗어버릴 수 없는 갑충 한 마리, 온몸에 검은 관이 뒤덮인 한 마리 벌레, 그래도 잊지 마, 난 그레고리 잠자

파국의 거리에 비가 내린다

파국의 거리에는 밤새 비가 온다.
외우고 외워도 구단까지 외우지 못한 구구단으로
옆집 막내의 잠은 불안한데
밤새 구구단이 비가 되어 내리는 파국의 거리
구일은 구, 구이는 십팔, 구 삼 이십칠
구사 삼십육으로 비 내리는 파국의 거리
자꾸 외우다가 틀리는 구구단이 내리는 밤
총성이 다슬기처럼 두개골에 달라붙던
5월의 기억도 구구단에 섞여 하염없이 내린다.
파국의 밤거리에 이렇게 비가 내리면
견딜 수 없게 그리운 이름이
다시 혀끝에 버섯처럼 돋아나 극으로 치닫는 슬픔
몸 뒤척이다가 일찍 돌아누워 잠든 사람들마저
생에 가장 무서운 악몽을 꾸기 시작한다.

내 생의 북쪽

　내 생의 북쪽에는 망가진 폐차와 함부로 떨어뜨린 정액이, 실수로 낸 상처의 피가 종일 흘러가고 내 생의 북쪽에는, 초속 몇 십 미터의 돌풍이 불고 돌풍에 떨어진 푸른 과일, 기아로 죽어가는 아이와 그 옆에서 지켜보는 독수리, 내 생의 북쪽에는, 다리가 잘린 비둘기의 오후가, 와사풍이 온 처녀와 목 잘려 버둥거리다 절명하는 닭과 피임에 실패한 가난한 주부와 약에 취해 역주행하는 마흔 살과 내 생의 북쪽에는, 아직도 새파란 철조망과 총구와 공개총살이, 내 생의 북쪽에는, 내가 낙타 한 마리로 건너려는, 내 생의 북쪽에는

　내 생의 북쪽에는, 쓸쓸한 달을 벗해 밤새 건널 내 생의 북쪽에는, 사막 여우를 닮아 긴 귀를 가진 주민과 외로움에 찬 울음과 내 생의 북쪽에는, 전갈이 우글거리는 거리와 황야의 정거장과 사막화되어가는 가슴과 낮달이 쓰러져 바스락거리는, 내 생의 북쪽에는, 절필한 시인이 살고 있는 내 생의 북쪽에는, 끝없이 안 좋은 일이 일어나는 북향의 집과 북향의 솟대와 북향의 머리와 북향의 노래 내 생의 북쪽에는, 내 생의 중심이 한때는 기울어갔던 내 생의 북쪽에는, 납북된 유년이 수감되어 늙어가는 채찍이

등에 붉은 핏자국을 남기는, 내 생의 북쪽에는, 한때 내 엄마의 고향 사과 꽃이 바람에 날리던 내 생의 북쪽에는, 내가 낙타의 갈증으로 건너려는, 내 생의 북쪽에는

　내 생의 북쪽에는, 내 생의 북쪽을 건너다 누가 남긴 하얀 뼈마디며 내 생의 북쪽 뼈마디 마다 새겨진 갑골문자, 주머니에서 털어버리지 못해 한 계절 주검 곁에서 핀 붉은 꽃들, 내 생의 북쪽으로 날아갔다 돌아올 힘이 없어 주저앉아 버린 철새들이며, 내 생의 북쪽에는, 태아가 버려진 장면이며 내 생의 북쪽에는, 씨 없는 과일이며 눈 없는 토끼며, 지금은 균열이 간 신화며 날조된 역사며, 내 생의 북쪽에는, 반항을 잃어버린 주먹과 분노를 잊어버린 눈동자가 사는, 내 생 북쪽에는, 수공업으로 만들어지는 단단한 절망과 비애가 사는, 내 생의 북쪽에는, 기어코 내가 원정군처럼 찾아갈 내 생의 북쪽에는, 내 그리운 이름이 유배된 내 생의 북쪽에는

팜파탈과 짧은 유희

그녀가 오자 나는 하얀 빨래로 빨랫줄에서 나부꼈다.
모든 새들의 몸은 깨끗했고 하늘엔 검은 구름 한 점 없었
다. 내 식탁은 공기로 차려졌고 내 그림자도 올올이 풀려
나부꼈다. 그녀가 오자 저물던 거리가 밝아져 왔다. 웃자
라던 분노가 시들고 가슴에서 더이상 가래가 끓지 않았
다. 그녀의 손이 닿자말자 닭살이 돋고 나는 나부꼈다. 검
은 물방울을 털어대며 나부꼈다. 그녀가 떠나면 금단증세
로 울게 되는 것도 모른 채 푸른 공기로 다려져 나부꼈다.
그녀가 오자 그녀에게 중독되어 끝없이 나부꼈다. 푸른
공기의 갈채 속에서 마음껏 나부꼈다.

라산스카

라산스카 안녕한가. 아직 난 죄가 아름다운 이 거리에
서 휴가 중이다. 우리의 죄에 쓰러져가는 도시의 새벽이
며 이 도시 저녁 불빛이며 그래도 죄 속에 무성하게 피어
나는 들풀이 아름다운 맬랑꼬리에서 내가 빠져나갈 수 없
는 죄의 풀밭에서 인사한다. 라산스카 안녕한가.

맬랑꼬리의 저녁 속으로 사라져가는 소녀의 짧은 머리
카락이 안타까운 거리다. 지워도 선명하게 살아나는 죄의
문신으로 난 홀로 한사람의 이름을 불러보며 한 사람의
이름 속으로 저물어가 본다. 라산스카 죄로 가난한 내 이
름이 그 누군가의 가슴에 푸른 달빛처럼 떠오를 리 없는
날인데 라산스카 누구나 저물기 위해 여기 머무르고 우리
의 만남이 서로에 대한 조문이었음을 언젠가는 깨닫는다.
하지만 이별을 등에 맞고 이곳까지 온 내 가난한 청춘의
단추를 다시 끼워 본다. 라산스카여. 안녕한가.

내 죽은 의식에서 천남성 피어나는 날에는 이 맬랑꼬리
를 떠나며 맬랑꼬리에서 휴가는 즐거웠다고 말 할 수 있
다. 맬랑꼬리에 기대어 놓았던 푸른 하늘에 대한 믿음과
인간에 대한 사랑은 끝나지 않았음을 말 할 수 있을 것이

다. 라산스카 안녕한가. 맬랑꼬리에서 순례로도 내 죄의 몸은 그대로 죄의 몸이지만 내 죄 속에 드나드는 순결한 바람이 내 죄에 물들지 말기를 두 손 모아 기도하는 맬랑꼬리다. 라산스카 안녕한가.

　라산스카 안녕한가. 나와 함께 맬랑꼬리로 오지 못한 지친 사람들과 틈새 없는 일과를 위해 애도한다. 하늘을 수놓다가 지친 비둘기의 아침과 사랑을 잃고 모든 것을 잃었다고 자포자기한 후배의 종말에 대해 애도한다. 라산스카여 안녕한가. 여기 함께 오지 못한 파르티잔과 그의 녹슨 장총을, 아직 그가 가진 칼끝 같은 이념을 애도한다. 맬랑꼬리에서 핀 꽃과 그가 남긴 열매가 더 단단하게 익어가는 맬랑꼬리의 계절인데 내 죄의 한 철인데 라산스카 안녕한가.

　라산스카여. 언제 맬랑꼬리를 떠나며 맬랑꼬리의 따뜻한 별을 가슴에 넣어 네게로 가겠다. 국경의 마을 같은 맬랑꼬리에서 총칼처럼 덜커덕거리는 금속성이 새벽꿈을 깨우기도 하는 날이다. 누가 가슴에 비수를 품고 잠드는 밤이지만 누구나 까마득한 반도의 별을 바라보며 함께 잠

드는 맬랑꼬리의 밤, 라산스카여 오늘도 안녕 하라. 내 자
주 입에 올리는 그레고리 잠자와 갑충과 북방여치 같은
얼굴로 찾아가던 라산스카여 안녕 하라.

내 유목의 나날

길 잃어 돌아오지 않는 야크가 우는 밤이다. 별빛이라도 빛나면 찾아 올 야크가, 소금이 그리운 야크가, 천 길 낭떠러지로 떨어지다 둔덕에 걸쳐서 우는가? 야크가 된 내 그리움이, 야크가 울 때마다 꿈이 사라지는 밤이다. 수없이 고지를 넘나들어 발굽이 바위보다 더 단단한 야크가 우는 밤이다. 야크를 돌보다 사라진 내 조상이 야크를 따라 우는 밤이다. 야크였던 내 전생이 우는 밤이다. 야크의 검은 눈동자가 우는 밤이다. 서울 저 깊은 곳에서 야크가 우는 밤이다. 등허리에 폭설이 내려앉은 야크가 우는 밤이다.

리비도*에 빠진 한 남자의 궤적

　새벽에 리비도가 다녀가셨다. 물봉선화 같은 얼굴로 웃다가 갔다. 지그문트 프로이드! 리비도와 대립되는 것이 파괴의 본능 즉 죽음의 본능이라지만 리비도와 합쳐서 에로스가 된다는 비밀을 안다. 그런데 지그문트 프로이드! 나란 리비도에 빠진 사내, 리비도가 찾아와도 사랑할 마땅한 이름이 없다. 물안개 피어오르는 새벽 강가에 나가 생존본능에 떠는 내 영혼을 보여 줄 사람이 없다. 지그문트 프로이드! 난 리비도에 빠진 사내, 하늘에서 아가씨가 비처럼 내려오지 않아. 하늘에서 솜털 뽀얀 아가씨가 비처럼 내려오지 않아.

　지그문트 프로이드! 바람이 분다. 바람에 흔들리는 간판들, 꽃들, 만장들 곧 리비도가 나타날 징조다. 리비도와 나와 함께 만날 사람은? 지그문트 프로이드! 리비도만 찾아온 내가 수소문할 아가씨는 하늘에서 언제 비처럼 쏟아지나? 난 리비도에 빠진 사내, 리비도에서 벗어나려면 구순기, 항문기, 남근기, 잠복기 그 다음인가? 지그문트 프로이드! 리비도를 배척할 적절한 시기는? 지그문트 프로이드! 바람이 불어 내가 흔들린다. 리비도와 함께 불어와야 할 것은 황진이 같은, 논개 같은, 춘향이 같은 지조의

여인들, 지그문트 프로이드! 불어오지 않는다면 그 여인
을 데려와야 할 푸른 루트는 어디에

　지그문트 프로이드! 난 리비도에 빠진 사내, 리비도의
뺨을 종일 핥기도 하는 사내, 리비도가 자작나무 숲으로
물결치는 곳으로 여행을 꿈꾸는 자, 나는 리비도가 왕방
울만한 별로 뜨는, 발해의 초원으로 개벽처럼 말 달려가
고 싶은 사내, 리비도와 함께 치명적인 사랑을 만나도 좋
다는 사내, 어느 시인이 노래한 푸른 장대 열차를 타고, 대
꽃 핀다는 마을도 지나, 태풍 깊은 바닷가 마을로 가고 싶
은 리비도에 빠진 사내, 지그문트 프로이드! 지금 바람이
분다. 이 자본주의 거리에서 우리의 상상이란 바람에 실
려 끝없이 펄럭이며 날아오는 지폐지만 난 리비도에 빠진
사내, 승무의 외씨버선과 고깔과 그 아름다운 춤사위를
그리워하는 사내

　지그문트 프로이드! 지금은 바람이 분다. 리비도가 실
린 바람이 불어오고 있다.

　＊리비도는 성욕, 다시 말해 성기(性器)와 성기의 접합을 바라는 욕망과는 다른, 넓은
　　개념이다. 삶의 본능이라면 맞을 것이다

사마귀와의 교미 혹 사랑론

사마귀의 교미 알지. 잡아먹힐까 봐 가까스로 다가간 수놈의 치열한 사랑, 교미가 끝나고 잽싸게 달아나지 못하면, 그대로 암사마귀의 먹이가 되는, 머리가 아삭아삭 씹혀 먹히면서도 생명의 씨앗을 아득하게 쏟아 붓던 기억이, 오르가슴의 전율로 남아, 꼬리가 다 먹힐 때까지 바르르 떨던, 사마귀 그 사랑을

우리도 도시와 교미 중이지, 도시란 암사마귀, 교미가 끝나고 달아나지 못해 그 대가로 머리가 밑천이 아삭 아삭 씹혀 먹히는 중이지, 어쩌면 자학의 일종일지 몰라도 난 즐기지, 의식이 육신이 도시의 밥이 되는 과정을, 이 엽기적 생활 방식을

우주인 같이 생긴 사마귀에게도 사랑이 있을까 여겼지만 그 절절한 사랑 앞에 염치없이 꼴리던 내 정신도 이제는 알지, 밥이 되는 이 지루하고 몬도가네 식 도시의 먹성을, 날마다 죽고 다시 태어나 날마다 도시와 교미하는 이 노복의 짧은 여정을, 이것이 사랑이라면 사랑이라고, 현대인이 살아가는 방식이라고

내 의식이 어떤 맛일까, 도시에 찌든 내 육신은, 종일 도시와 교미하다 허기진 옆구리에 갈비대가 들어난 내 건강 상태는, 건강을 증진한다고 보양식이라고 TV 홈쇼핑에서 본 그 음식물은, 내 이 긴 섹스를 보장해 줄 수 있을까, 난 도시와 교미하며 해체 중, 도시의 몸속으로 아득하게 쏟아져간 내 하얀 정충들이, 또 다시 나를 복제하여, 내 지루한 이 생활패턴을 반복하며 세월의 긴 낭간을 먼 후일에도 지나갈까, 생각하기 나름이지만 사랑은 사랑하는 사람으로부터 한 번쯤 자신이 아삭 아삭 잡아먹히는, 극적인 순간을 한번 쯤 거쳐야 하는 것을, 그것이 사랑이 향기를 머금는 계기라는 것을

하지만 이 도시와의 사랑, 일방적이고 공격적인 섹스로 온몸이 짓이겨지는 그러나 끝까지 소신으로 펼쳐보는 사마귀와 교미 혹 사랑론

과적

어디다 내 짐을 내릴 수 있는가.

한 때 열정으로 너무 많은 꿈을 실었다. 내 몫이 아닌 것마저 챙겨 앞으로 한 걸음 나아간다는 것이 고통이다. 내것이 많을수록 행복의 지수는 낮아지고 고통에 일그러지는 모순의 길에 들어섰다.

어디서 나의 긴 고통의 여정은 끝나고 내 달아오른 굽을 맑은 물에 담그고 갈증을 없앨 수 있는가. 내 목적지로삼을 오아시스는 어디서 물 냄새 풍기며 푸르러지는가.내 영혼의 곳간이 가득 채워지는 것이 내 영혼이 무거워져 꼼짝 달싹 못하는 과적의 길인지 몰랐다.

한 발 앞으로 간다는 것이 고통의 바다에 이르는 것이다. 비틀거리면서도 앞으로 나아가는 것은 어딘가에 내짐을 내릴 수 있다는 희망 때문, 스스로 등 짐 지웠으나 스스로 내릴 수 없는 혹이 되었다. 가면 갈수록 난 완고해지는 고통으로 가득 채워지는 절망의 집 한 채

지금은 그믐도 끝나 달 푸른 길인데도 저 포구에서 꿈

을 하역하고 떠나는 뱃고동 소리 들리는데 가도 가도 땅으로 꺼지는 것 같은 이 침몰의 길, 어디서 검고 탁해져 내 생을 더 무겁게 하는 내 피를 흡혈해버릴 수 천 수 만 그루의 나무뿌리, 헤아릴 수 없는 나무 이파리가 파닥이고 있는가.

내 생은 오버되었다. 살아갈수록 깃털처럼 가벼워져 약한 바람에도 실려 수천 개의 산맥도 가볍게 넘어 설산에 이르는 길이 내 길이어야 했다.

과욕이 결국은 과적에 이르는 길이었다. 내가 견딜 수 있는 하중보다 더 많이 싣고 항해하는 것이 위태한 줄 알았지만 노동을 멈추지 않는 내 젊은 나날이었다. 일손을 잠깐 놓고 흐르는 구름을 바라보고 시드는 꽃을 슬퍼하는 것이 죄악인 줄 알았다.

어디서 내가 모로 쿵 쓰러져 내가 내짐을 떠날 수는 없지만 나를 짓눌러오는 무게를 잠깐 만이라도 벗어날 수 있나, 어디서 내 짐을 부리고 온몸을 부르르 털며 낙타 같은 긴 울음으로 나의 휴식을 예고할 수 있는가. 폭설이 지

나간 자리에 보리가 푸르렀다는데 내 지나온 흔적 흔적마다 고이는 것은 결코 마르거나 증발하지 않을 비애

밤새 내가 터벅이며 가는 과적의 길을 아는가. 비틀거리면서도 앞으로 나아가는 것은 온몸으로 참회의 길 가기 때문, 이글거리며 떠올라 과일을 익히는 태양도, 들녘을 건너오는 푸른 바람도 다 내게 고통이고 슬픔이 되었지만 그래도 앞으로 나아가고 있다.

가면 갈수록 더 깊이 뼈에 새겨지는 말, 과욕이 결국은 과적에 이르는 길이었다.

동시대 고찰

장대 같은 말 좆을 타고
자신에게 달려 끄덕끄덕 조는 말 좆을 타고
쇠북소리 속에 자귀나무 꽃 피는 마을을 찾아
강물에 연등 흐르듯 흘러가는 사내

따뜻한 질 같은 시절은 없었다.
말 좆을 위로하는
밤꽃 냄새 진동하는 어떤 밤도 없었다.
말 좆을 타고 끄덕끄덕 흘러가는 사내
말 좆 위에 평생을 싣고 오늘도 내일도 가는 사내

쥐 죽은 듯이

쥐야 미안하다. 너희들의 번식력은 아름답다. 어디서나
살고 어디든 갈 수 있는

쥐야 너와 함께 어디로 가 쥐 죽은 듯이 있는 죽어 있는
내 노래를 살려, 저물어 오는 바닷가에서 노을보다 더 붉
은 사랑에 빠진 젊은 연인들을 즐겁게 해줄 수 있나. 요술
피리에 따라 첫 번째 쥐가 강물에 풍덩 두 번째 쥐가 강물
에 풍덩 세 번째 쥐가 풍덩, 계속 풍덩 풍덩 풍덩 하는 너
를 우습게 이야기에 등장시킨 그런 일도 있지만 쥐야 쥐
죽은 듯이 죽어 있는 나를 깨우고 너도 깨우고 일곱 시에
떠난다는 그 기차를 함께 탈까, 그리하여 제네바로 프라
하로 우리 사랑 해바라기로 물결치는 오리엔탈 사랑 속으
로, 쥐야 혐오스럽다는 우리의 관점일 뿐 그 아름다운 생
존을, 먹이사슬 낮은 곳에 임한 그 희생을, 쥐야 난 부엉이
에 잡아먹히는, 황조롱이에 잡아먹히는, 여우에게 잡아먹
히는 그리하여 그들을 살게 하는 지고지순한 몸 바친 쥐
의 사랑보다 더 큰 사랑, 아직껏 세상에서 본 적 없다. 나
는 나를 위한 희생마저 하지 않았다.

쥐 죽은 듯이 죽어 있는 내 정신과 쥐와 관음증 걸린 듯

차라리 이 도시 더 깊숙한 곳, 시궁인 곳으로 가 이 도시의
광란을 작태를 훔쳐볼까. 저들이 믿는 욕망의 둑에 쥐구
멍 하나 뚫으려고 갈까. 쥐들은 결코 쥐들을 미워하지 않
는다. 함께 어둠을 갉아 새벽을 부를 뿐

　쥐야, 이제 쥐의 날을 선포하고 모든 쥐들이 행복하게
하자. 모든 박멸의 구호 사라지고 더 푸른 우주 속으로 너
희들 스스로를 방생케 하라. 뿔뿔이 흩어지게 하고 어디
나 쥐의 한 철 쥐의 낙원이 오게 하라. 우리의 선발대로 우
주 구석구석에서 찍찍 거리게나 하라. 모든 쥐구멍에 별
들게 하라. 쥐야 여태 쥐 죽은 듯이 죽어 있던 쥐보다 못한
내 정신이 내내 죄스럽다.

II

누구나 잠들 수 있는 밤이지만

난 밤새 어둠에서 터벅이다가 왔나 보다.
밤을 건너온 내 굽이 끝없이 쓰리다.
난 그 검은 잠 속을 꿈 하나 없이 지나왔지만
죽음이 아니어서 무사히 이른 새벽
삽 하나 들고 저 새벽 오는 들녘에 나가
물꼬 하나 터주고 싶은데
그래 누구나 잠들 수 있는 밤이지만
누구나 꿈 꿀 수 있는 밤이 아니었다.
누구나 영혼의 옷고름을 풀지만
누구나 사랑으로 나직이 신음하는 밤은 아니었다.

찬물소리

월남전 고엽제환자로 올여름 돌아가
이천 설성면 호국원에 봉안된 자형에게 갔다 왔습니다.
생시에 잎맥처럼 돋아난 핏줄로 가랑잎처럼 바스락거
리더니
이제는 우주의 이부자리 하나 되었는지
찬 서리 내리려는 들판을 소리 없이 덮고서
가을 햇살에 눈부신 자형의 마음을 보았습니다.

자형의 고향 포항 남부 장기들에서 자형이 먹였던 소처럼
우주의 소 한 마리 되어
새파란 하늘을 되새김질하며 쑥부쟁이 곁에 드러누워
풍년을 기다리는 큰 눈망울의 자형을 보았습니다.

찬물소리 하나 내 야윈 발목을 휘감고 흘러가자
그 찬물소리 가만히 덮어주는 자형의 마음도 보았습니
다.

등나무

저처럼 생이 뒤틀릴 수는 없다.
어떤 천형이 내렸는지 저 뒤틀린 자태
꽈배기 틀듯 꽈배기 틀듯 저 뒤틀린 삶이지만
뒤틀리면서 이룬 등나무 환한 꽃그늘
굴곡의 그 삶으로도
세상에 내어 놓은 등나무의자에
지친 엉덩이를 얹는 사이
등나무 끙 하며 또 한 번 심하게 뒤틀린다.
뒤틀리는 힘으로 어둠을 뚫으려는지
수직의 꽃대가 다시 한 번 환해진다.

달그락거리는 하악골에 대해서

난 정직하게 교과서 행간을 지나왔으므로
길 가다가 애국가를 들어도 저절로 하악골이 달그락거려
방언이 저절로 흘러나오는 믿음 깊은 집사 우리 아내
처럼
리듬을 타면서 하악골이 달그락거려
난 국민교육헌장을 외우면서 국정교과서니 검정교과서
페이지 페이지를 정직하게 넘기다 왔으므로
동,남,가,이 애국가 4절까지 첫 글자를 외워서
애국가 절이 바뀔 때마다 하악골이 달그락거려

턱뼈가 재정이 시원찮아 누가 한 턱 내라 해도 부담이
되는데
애국가 울려 퍼질 때마다 전자동적으로 내 하악골이 달
그락거려

별 수제비

어머니 저 큰 밤하늘을 솥으로 걸어놓고
어머니 청춘을 반죽해
별수제비로 뜯어 넣으신다.
세상 먼 곳으로 갔다가
허기진 모든 아들 돌아와
별 수제비 한 그릇 거뜬하게 퍼 먹으라고
밤새 저 큰 밤하늘을 솥으로 걸어놓고
별 수제비 쑤신다.
어머니 사랑 저렇게 밤새 환하시다.

아직은 그렇다고 하자

아나키스트의 날들이라고 하자.
아직은 그렇다고 하자
꽃의 공화국,
나비의 정부,
거미의 청사가 없는 날
우리에게 공화국은 없다고 하자.
그렇다고 하자.
해바라기도 달개비 꽃도 나귀고 청솔무도
그대로 떠돌므로
난 태양의 추종자 일뿐
아직은 아나키스트의 날들이라 하자.
당분간 그렇다고 하자

그믐

그가 캄캄해져 돌아온다.

그의 몸에서 나는 어둠 냄새

오늘도 세상이 그렇게 어두웠어. 그래, 앞이 안 보였어

서로의 몸을 열고 들어가
서로를 밝히려 푸른 촛불로 타오른다.
그믐이 달밤보다 더 환해져 온다.

나의 꽃들

미, 나, 자, 숙, 선, 란, 영, 경, 정, 임, 옥은 내가 아는 꽃의 이름이다. 내 영혼의 식물도감에 있는 꽃의 이름이다. 내 가슴 깊은 곳에 상사화보다 천남성보다 더 은밀하게 피었다가 지는 꽃이다. 상록의 꽃이다. 찬란한 꽃이다.

한겨울이어도 한밤이어도 호롱불 보다 더 환한 꽃의 이름이다. 척박한 내 안에 유일하게 피었다 지는 여러해살이 꽃이다. 정치고 사랑이고 그리움이고 다 끝물이 와버린 세상 세상 저물어도 저물지 않을 꽃이 내 안에 피고 진다. 나는 미, 나, 자, 숙, 선, 란, 영, 경, 정, 임, 옥이 끝없이 피고 지는 불멸의 화원이다.

아라리

한낮이어도 칠흑같이 어두워져
소나기 퍼붓는 날 아라리를 불렀다.
나도 큰물 지면
동강에 뗏목 띄우고
아라리 아라리를 부르며 흘러가고 싶어
어느 먼 가슴으로 흘러가
한철 꽃처럼 피었다가
사정없이 뚝뚝 져버려도 좋을 것 같아
자욱하게 퍼붓는 소나기도 울먹이게
난 아라리 아라리를 불렀다.

크나큰 수의

어머니 요양원에 계신다. 요양원에 가면 둘째 시인 아들이라고 자랑스럽게 말하면서 나 미안하지 말라고 병들고 늙으면 요양원에 있는 것이 어머니 편하고 자식들 다 편한 일이라며 누누이 말하지만 요양원이 현대식이라 위생적이고 넓고 의료시설 잘 갖춰진 곳이지만 집안에 모시고 조석으로 문안드리지 못하는 마음이 요양원에 면회 갔다 올 때마다 무릎이 세상 모서리에 부딪친 듯 생채기 하나 둘 늘어난다.

늙어도 어머니 욕심이 없을까? 어머니와 친한 할머니 자식이 비싸고 질 좋은 수의 미리 준비해 놓았다고 날마다 자랑이라고 해서 어머니가 죽으면 뭐 입고 자시고 알기나 아나, 그냥 구름이니 새벽이니 바람이니 햇살이니 다 크나큰 수의라고 여기며 그보다 더 큰 행복 없다고 새소리 물소리 바람소리 아이들 웃음소리 선소리처럼 앞세우고 가면 더할 나위 없이 좋다고 어머니가 제법 시적으로 말해 주는데 그 말 듣고 참 그렇기도 할 테지 하면서 면회 갔다 나오는 내 마음에 어떤 날보다 더 큰 생채기 하나 슬프게 자리 잡는 것이었다.

내 한 홉의 사랑은

어디 있는가. 내 한 홉의 사랑은
내 생을 더듬어도 한 톨도 만져지지 않는
그 한 홉의 사랑이라면 내가 먹고
구름도 먹고 숲도 먹고 새도 먹고
지화자 누구에게나 꽃 시절 오겠는데
어디 있는가. 내 한 홉의 사랑은
누군가의 가파른 마음을 따라 내려가거나
능선을 따라 올라가며 탁발해도
내미는 것은 한 시대의 쓸쓸함뿐
어디서 울고 있는 가. 내 한 홉의 사랑은

안드로메다의 여인

잘 있지
은하수에 머리 담그며
내 꿈꾸는 불멸의 사랑은 언제 대기권을 뚫고 네게 날
아가나
안녕 안드로메다의 여인

지구는 조금 낌새가 이상해
지구를 탄 후 멀미가 나고 체한 것 같아
초록의 나무도 힘이 없어
쓰쓰슥 숲을 자주 지나가던 꽃뱀도
불임의 시댄가 보이지 않아

안녕 안드로메다의 여인
검독수리가 가진 날개의 힘이라면
이곳을 박차고 날아갈 수 있나
뼈를 비운 힘이라면

태몽 깊던 날
안녕 안드로메다 여인 내 닮은 아이 네가 가지기를 꿈
꾸었어.

그것이 불가능한가.
아득한 너무 멀어서 미치도록 더 그리운
더 견딜 수 없는 안녕 안드로메다의 여인

쭉쭉 빵빵 사이로 오는 황진이

황진이 네 생각이 죽은 줄 알았다. 아파트 납골당을 지날 때, 묘비가 된 빌딩을 지날 때, 황진이 생각이 새까맣게 죽어 간줄 알았다. 어디서 육탈되어 뼈만 남아 있는 줄 알았다. 난 애도나 명복 한 번 빌 줄도 몰랐고

그러나 거리를 지날 때, 죽은 줄만 알았던 황진이, 황진이 생각이 살아서 돌아오고 있었다. 어둠을 초월해 황진이 생각이, 긴 치맛자락 나부끼며, 자유롭게, 모든 저지선을 뚫고 오는, 황진이 생각, 붉은 입술의 황진이 생각

이제 저 쭉쭉 빵빵 사이로 오는 황진이를 찾아 이 시대에는 없다지만 그럴수록 황진이를 찾아, 황진이 같이 붉은 칸나 키우며 황진이를 찾아, 내 영혼의 뿌리 담글 속 깊은 황진이를 찾아, 저 쭉쭉 빵빵 사이로 오는 황진이, 나의 계집 황진이를 찾아, 남몰래 살 섞을 황진이, 우리의 황진이가 아니라 나의 황진이를 찾아, 방도 붙이고, 실종 신고도 내고, 저 쭉쭉 빵빵 세월 사이로 오는 황진이, 붉은 옷자락의 황진이를 찾아, 하얀 이마를 찾아, 조개보다 더 꼭 다문 황진이의 정조를 찾아, 죽창보다 더 꼿꼿한 황진이의 지조를 찾아

직장에서 거리에서, 술집에서, 강남에서, 광화문에서,
황진이 내 황진이를 찾아, 저 쭉쭉 빵빵 세월 사이로 오는,
가냘프나 올곧은 정신의 황진이, 나를 불태울 황진이, 나
를 재로 남길 황진이, 쭉쭉 빵빵 사이로 거침없이 오는 황
진이, 사이트로, 극장가로, 로데오 거리로, 현상금도 내걸
고, 전단지도 뿌리며, 기어코 찾아야 할 내 황진이, 내 몸
의 황진이, 내 넋의 황진이

황진이 네게 사무치는 말들이 저렇게 푸른 하늘을 밀어
오는데, 수수밭 사이로 초가을 호박꽃 피우며, 벌써 차가
워진 개울물 건너오는데, 황진이 말 타고 네 치마폭에 파
묻히려 청동방울 딸랑거리며, 개암나무 뚝뚝 떨어지는 전
설 속을 지나, 산발한 채로도 가고 싶구나. 황진이 네 은장
도 빛나는 밤, 올올이 엉키던 넝쿨이 틈을 보이는 계절, 네
머무는 마을에 꿈이 깊고, 우물물 깊어져 마을을 파수하
는 개 울음 높아가는 밤, 네 있는 마을은 이조의 어느 모퉁
이인가. 기우는 사직의 어느 뒤란쯤인가.

쭉쭉 빵빵하게 다가오는 세월 사이, 저 비대한 몸짓 사

이, 너는 오늘도 보이지 않고, 난 새털구름 따라 흐르는 갓
태어난 철새같이, 끝없이 사방으로 풀려가는 쪽물같이,
네게 끌려 흐르고 싶은, 황진이 네 웃음소리 청아한 마을,
처연한 내 그리움 앞세우고 찾아 가는 황진이, 황진이 네
붉은 마음을 찾아, 구비 구비 너를 찾아

모과

　저 얼굴, 어디서 본 듯한 얼굴, 성형하려면 견적이 많이
나올 듯한 얼굴 젊은 날 효수되어 허공에서 새파랗게 질
렸다가 지상에 떨어진 얼굴, 그러나 어디서였던가. 어디
서였던가. 어디서 많이 본 듯한 얼굴, 고모 아니면 이모 혹
그 때 헤어져 영영 가물거리는 얼굴 하나 안면이 있는 얼
굴 친숙한 몽골리언의 저 얼굴, 내 악취의 일상 속에다 향
기를 풀어주는 얼굴 세상 다 겪고 와 모가 다 사라진 얼굴
어디서였던가. 그 어디서였던가. 내가 사랑했던 얼굴, 잊
을 수 없는 얼굴

III

계절풍

널어둔 옷자락이 네 쪽으로 나부낀다.

그립다, 라고 중얼거린다.

기울어져도 닿지 않는 곳으로 멀어지는 것이
운명이라 말한 적이 있었다..

도저히 만날 수 없는 것을 알아차렸을 때
슬픈 마음을 다독이다 한 독백이다.

바람이 분다. 네 쪽으로 나부끼는 하얀 빨래
물기를 털어 대며 더 가볍게 나부낀다.

미치도록 그립다, 라고 중얼거린다.

바람이 불어가는 쪽으로 이제 내가 끝없이 불어간다.

너라는 먼 집

슬픔과 짝을 이루려고 선보러 갔나
사나흘 네 빈 아궁이로 거친 어둠이나 몰아치고
네 대문가에 수취인 부재로 나뒹구는 우편물
가도 가도 여전히 너라는 먼 집
가서는 내 목숨 훌훌 벗어
너라는 먼 집 벽에라도 걸어두고 싶은데
어디로 불륜에 빠진 달빛과 강물
뒤란으로 드나드는 푸른 바람과 함께 몸 섞으러 갔나
가도 가도 언제나 텅 빈, 너라는 멀고 먼 집

남쪽의 사랑

잡는 손 뿌리치고 넌 남으로 떠났다.
백두대간을 따라 넌 남으로 갔다.
남쪽으로 떠나간 네 푸른 등줄기가 보인다.
남으로 간다고 신났는지
자작나무로 남긴 무성한 네 이별이 보인다.

줄기차게 남으로 향한 네 이별 위로
초롱초롱 물 어린별이 돋고
새가 울고 꽃이 피고

백두대간 저렇게 푸른 것은
네 이별이 가져다준 슬픔 때문이다.
백두대간 줄기찬 것은
이 거리에서 끝없이 흐르는 내 눈물의 힘 때문이다.

넌 백구대간을 따라 남 남쪽으로 뻗어갔다.
너는 지금
남쪽에 닿아 한창 사랑 중이다.

늦은 저녁 모서리에 너를 낙서하는 날이 시작되었다

언제 넌 내 가슴을 지그시 밟고 간 백 년 전 꽃잎이었던가.

내 마음 지층에 남겨진 네 발자국은
숱한 내 고열과 생의 무게로 눈부신 화석으로 남았다.
물방울 화석보다 더 고운 네 발자국에
내 뺨을 문지르며 아직도 네가 나타나지 않는 늦은 저녁 모서리에
너를 낙서하는 날이 시작되었다.

가로등 켜지는 나직한 소리가 내 발자국 소린가
깜짝깜짝 놀라는 사이사이로 계절이 지나가거나 비가 내리기도 했다.
낯선 문장이 서성거리기도 했다.

초승달에 마음 베여 흐느낄 때까지 나의 낙서 속으로 졸음이 찾아들 때까지
그립다고 했다가 그렇지 안다고 했다가
그를지 모른다고 했다가 그럴 수도 있다고 했다가

시간은 증오마저 향기를 품게 하는데
언제 넌 내 가슴을 지그시 밟고 간 백 년 전 꽃잎이었던
가.
시간이 지날수록
더 뚜렷해지는 기억의 잎맥들
난 꽃잎을 그렸다가
네 얼굴을 그렸다가 보고 싶다고 했다가
그렇지 않다고 했다가 죽을 정도로 보고 싶다고 했다가
죽이고 싶도록 사랑한다고 했다가 널 만난 걸 후회한다
고 했다가
발작을 일으키는 추억을 다독거렸다가

저녁 모서리에 너를 낙서하는 동안에도
넌 내 가슴을 지그시 밟고 가는 지금도 그 백 년 전 꽃잎
인가.
물기 머금은 듯 이 향기는
그리고 밤하늘에 무수히 마중 나온 저 별들은

나는 널 사랑하다가 죽여 버리려고 한 날들이 있었다.

너와 나는 서로를 통과해 멀어져가는 안개라 한 적이
있었다. 서로를 축축이 적시다가는
 내게 젖은 너를 뽀얗게 말린다고 바람을 기다린 적도
있었지만
 이제 묻고 싶다. 내 안에 꽃잎의 발자국화석으로 남아
있는 너의 흔적들
 언제 넌 내 가슴을 지그시 밟고 간 백 년 전 꽃잎이었던
가.

숙아

너를 다시 만들련다.
어디 있는가. 숙아

이제는 영영 멀어져 가물거리는 숙아
나를 버리고 사랑을 찾아간 숙아

네가 없는 자리는 깊은 상처의 자리였다.
네가 없는 자리는
내가 빠진 깊고 깊은 허방이었다.

없는 네 자리에 눈물로 널 창조하리라
눈물이어서 마를까 내 생이 아플 테지만

네 없는 날에 창조된 숙은 네가 아닐 테지만
이렇게 해서라도
네가 없어 깊은 상처를 평생 더듬으며 살리라

어디 있는가. 숙아

술을 배웠습니다

저녁이면 짐승이 되어
나를 뛰쳐나가려는 나를 말리다 차라리 고삐를 매었습니다.

네게 가려고 고삐를 낚아채며 밤새 내가 울부짖는 소리를 들으며
한 잔 두 잔 술을 배웠습니다.
사약보다 독한 술을 마셨습니다.

보다보다 못해 별도 눈물 보이는 밤이었습니다.
고삐를 너무 조였는지
상처가 나지 않았는지 근심으로 잠들지 못해
한 잔 두 잔 술이 늘어났습니다.

잔마다 넘치는 것이 술 술이 아니라
기다림이라는 것을 그리움이라는 것을
뼈에 새기는 술의 밤이었습니다.

나를 뛰쳐나가

네게 가려는 나를 말리다 죽음보다 독한 술을 배웠습
니다.

사랑, 그 백년에 대하여

이별이나 상처가 생겼을 때는 백년이 참 지루하다고 생각했습니다.

그로 쓰린 몸에 감각에 눈물에 스쳐가는 세월이 무심하다 생각했습니다.

백년 산다는 것은

백년의 고통뿐이라 생각했습니다.

차라리 상처고 아픔이고 슬픔이고 다 벗어버리고

어둠 속에 드러누워 있는 것이 축복이라 했습니다.

밑둥치 물에 빠뜨리고 이러지도 저러지도 못하며

엉거주춤 죽어지내듯 사는 주산지 왕버들 같다 생각했습니다.

그러나 사랑을 알고부터 백년은 너무 짧다 생각했습니다.

사랑한다는 말 익히는데도

백년이 갈 거라 하고 손 한 번 잡는 데도 백년이 갈 거라 생각했습니다.

마주 보고 웃는데도 백년이 갈 거라 생각했습니다.

백년 동안 사랑으로 부풀어 오른 마음이

꽃 피우는데도 백년이 갈 거라 생각했습니다.

사랑 속 백년은 참 터무니없이 짧습니다.
사랑 속 천년도 하루 햇살 같은 것입니다.

그리움의 푸른 마디

아이들 다 떠난 학교에 남아 교정에 핀 목련 보며
김성철 선생님이 부는 단소 소리 듣는다.
단소 소리 속에서 한 생애를 마감하며 지는 꽃잎 보며
애간장 녹지 않으면 사람 아니지 아니지 하면서
이루지 못한 못 견딜 사랑 하나 생각나 내 애간장도 녹
는다.
김성철 선생님이 원천 유원지 대숲에서 쪄 와
손수 만들었다는 저 단소소리 들으면
그리움에도 푸른 마디마디가 있다는 생각이 자꾸 든다.

구름 여자

　그랬었구나. 넌 구름 여자, 내 혀끝에다 담배연기로 만들던 구름 여자 구름 공장, 구름 과자, 구름 정원, 구름 짐승, 구름 양떼, 구름 초원 그 사이 사이로 떠오르던 넌 구름 여자, 얼마나 피어 올렸는지, 내 몸이 니코틴에 절어서도 계속 피어 올리는 구름 여자, 한 마리 구름 여자, 한 떼의 구름 여자, 구름과 구름 사이로 가는 구름 여자, 내 혀끝에서 피어올라 조금 떠오르다가 터지던 구름 여자, 난 그 허무로 얼마나 어깨를 들썩이며 울었는지, 서럽고 서럽게 울던 내 끝에 오줌 한 방울 매달릴 때까지 울었는지, 넌 여전히 구름 여자, 폐가 따끔 따끔 거려도 넌 나의 구름 여자 생을 태우며 만드는 넌 구름 여자, 내 하늘에 송이, 송이 피는 구름 여자

애월에서

1

병든 조랑말을 사랑하자고 하였다.
동백의 뿌리는 얼마나 붉어
저리 붉은 동백꽃을 피우나 보자고
동백을 벌목하고 뿌리를 파헤치자는
도화원결의 같은 철없는 이야기를
나눌 때 이야기 속으로 밀려드는
애월의 별과 파도와 유채꽃
차라리 사랑이 아픈 사람을 사랑 하자고 하였다.
애월 바닷가에 와 파도처럼 무너져 우는
불구의 사랑, 떠나간 사랑을 우는 사람을
그 뜨거웠던 사월에 맥없이 무너져
무참히 짓밟혀 몸져눕던
누이 같은 사람을 사랑하자고 하였다.

2

비자나무 숲으로도 눈 내리니 애월에도 내리는 눈
내 헐벗은 반도의 꿈속으로도 내리는 눈
어떤 그리움이 저렇게 눈 내리라 하여
폭설의 날이 서서히 다가오나 눈사태 나려나

가도 가도 애월은 눈 속인데

더 붉게 피는 눈 속의 동백은 아직도 건재하고

차라리 4·3사태의 화산도를 사랑하자고 하였다.

애월의 밤에 피 붉은 울음을 토해내는

그날을 부리에 물고 우는 작은 새를 사랑하자 하였다.

망초꽃으로 피어 흐드러져 가는 그날을 사랑하자 하였
다.

눈물로 부풀어 올라 오름을 이룬 그날을 사랑하자 하였
다.

3

애월의 새파란 물빛에게 전향해 간

내 청춘은 돌아올 수 없는 길을 가버렸는지

벌써 오십의 날만 나를 찾아온다는 소식

바자나무 숲에서 구구구 흑비둘기로 울고

눈 딱 감고 애월로 무장해 북진가 부르며

뭍으로, 뭍으로 애월의 새파란 파도로

일어나 가자고 전진하자고 하였다.

한때 무장하여 집결하고 싶던 조랑말과

애월의 모시나비와 무당벌레와 봄나물과

애월의 바람과 바위와 함께 가자하였다.

4

차라리 애월에 와 반짝이는 물빛과
애월에 와 숨 쉬는 물고기와 파닥이는 파래와
태풍 깊어가는 애월의 밤을 사랑하자 하였다.
애월 애월하며
애월을 사랑하는 시인들을 사랑하자고 하였다.
그리고 애월이 우리의 애월
그리움의 애월이 될 때까지 애월을 사랑하자고 하였다.

고백

내 마음 수천 번 네게 갔지만
난 단 한 번도 네게 가지 못했다.
그리고
벌써 능소화 울며 지는 저녁이다.

딱 한 걸음

삶과 죽음 사이도 딱 한 걸음이다.
피었던 꽃이
시드는 사이도 단 한 걸음이다.
사람이 사랑으로 가는 것도 단 한 걸음이다.
하나 한 걸음에 천년이 가기도 한다.
한 걸음에 평생이 후딱 가버리기도 한다.

극빈한 사랑

우주의 나이는 137억으로 추정된다.

우주는 아직도 끝없이 팽창하고 있다.

우주는 우주 대폭발로 태어났다.

빅뱅으로 무에서 유란 우주가 태어났다.

은하가 회전하는 데 약 2억 년이 걸린다. 신의 정원인 우주 어디서

야생의 별이 울고, 별의 중앙고원에서 꿈의 트레킹이 시작되고

난 우주와 교감할 수 없이 허약한 영혼

어둠의 정글인 도시에서 알약 같은 비애를 삼킨다.

풍요롭지 못한 내 사랑 한 번도 빅뱅이 없었다.

팽창하지도 않았다. 꿈꾸지도 않았다.

네게 주려는 내 사랑을 나도 견딜 수 없다. 내 사랑, 이 극빈한 사랑

안개 당신

안개란 당신, 있으나 잡으면 잡히지 않는 안개라는 당신, 모두가 돌아간 밤, 세상에서 안개로 피어오르는 당신, 끝없이 자욱한 당신, 안으면 한없이 안겨오나 실체가 없는 당신, 안개라는 당신, 당신이 길을 막고 시야를 가려도 원망할 수 없는 당신, 안개란 당신, 미루나무보다 더 키 큰 당신, 벌판보다 더 넓은 당신, 강보다 더 깊은 당신, 안개란 당신, 어디나 있으나 어디나 없으며 날 외롭게 하는 안개란 당신, 까르르 웃으며 안기고 싶은 당신, 안개란 당신, 참 많은 당신, 전혀 없는 당신, 안개란 당신

누란

　내 앞서 걸어간 사람이 너였던가 아니면 체게바라, 내가 가려는 곳은 프라하였던가. 아바나 아니면 제네바였던가. 내 뒤로 따라오던 발자국마저 지워지고 나침반은 길을 잃었다. 가슴에 가득히 펼쳐지던 사막, 그 때 내가 휘파람 불던 곡은 쇼스타코비치의 단조로 된 슬픈 왈츠였던가. 아니면 이별의 노래였던가. 목이 마르고 사막 태양이 가슴에 넘쳐나고, 수통처럼 비워진 영혼, 나는 단봉이나 쌍봉낙타도 아니었다. 그때 내가 그리워했던 것은 너였던가. 아니면 수만 리 밖에서 물 냄새 풍겨오던 오아시스였던가. 사막여우가 가슴 한 모퉁이에 나타나 울고, 한 번 균열이 더 가던 풍경, 가다 가다가 모래로 흘러내릴 때까지 백골로 나뒹굴 때까지 가려던 곳이 너였던가 아니면 내 푸른 동정을 버리려던 홍등가였던가.

슬픈 전언

그래 잘 가라

내내 무사하라
내 뼈마다 마디마다 이별의 바람이 차는지
이리도 통증이 깊어오는데
부디 행복하라, 난 그렇지 않더라도
즐거운 노래로 네 창가 은사시나무나 춤추게 하라
난 이별로 목이 잠겨 울 테지만

이별은 후폭풍같이 몰아쳐 와
이별을 맞아 찢어져 너덜거리는 마음을
한 땀 한 땀 기워야 할 어떤 바늘도 없고
어떤 첨단기계로도 수술로도 봉합하지 못한다.

이제는 나와 함께 울어줄 별이 뜨고
나와 웅크릴 어둠이 오고
나와 소리쳐 너를 부를 저 사막 같은 밤과 소쩍새가 온다.
가서는 부디 아무 탈 없이 만사형통하라
난 그렇지 않더라도
내게 남은 일이란 너를 기다리는 일

기다리며 삭아져 가는 것

그래, 그래 마음껏 손 흔들며 잘 가라
난 아무렇지 않는 듯 웃어 줄 테니
보이던 네 등이 가물 가물거리면 그때서야 엎어져
몸부림 칠 테니, 울 테니
내가 할 일이란 그 밖에 그 무엇이 있으랴

응응 그래 잘 가라
비기 오기 전에 바람이 들이치기 전에
대지 같이 넓고 뜨겁다는 누군가의 가슴 속으로
아기자기 살림살이를 장만하고
베란다 가득 물기 머금은 네 생을 다시 피우려

네 아니면 이제부터 내 사랑은 불구라는 것
그 누구를 다시 사랑 할 수 없다는 것
그렇더라도 별 탈 없이 잘 가
제발 되돌아보지 말고 무사히 잘 가라

청산가자

나를 이 거리에서 말소시켜라. 아침 꽃 곁에라도
적을 두지 마라.
한 사나흘 비나 맞게 그리고 콜록거리게 하라
이 시절을 기침하게 하라. 아파하게 하라. 울게 하라
누가 이 시절을 울어 주었나. 뼈저린 날을 알았나.
그리고 사이프러스 물결치는 유럽이 아니라
드림이 넘친다는 미국이 아니라 청산 가자.
아무 말 말고 청산에 가 청산의 뻐꾸기로 울자.
청산의 쑥대머리로 울자. 웃자
청산의 쥐똥풀이 될지언정 청산 가자. 청산에 가자

새빨간 거짓말

난 새빨간 아버지와 어머니와 세상이
사나흘 붙어 있으며 만든 새빨간 거짓말의 걸작이다.
내가 어둠과 충동했을 때 내 머리뚜껑으로
새빨간 거짓말이 출렁거리며 넘쳤다.
날마다 내 안에서 농도가 짙어가는 새빨간 거짓말
기하급수적으로 늘어나는 새빨간 거짓말의 적혈구
그 붉은 번식력
입을 열면 폭포처럼 쏟아져 나가려는 새빨간 거짓말
뱀 무늬보다
더 징그럽게 꿈틀거리는 새빨간 거짓말의 무늬
지금도 한계가 온 듯
자꾸 벌어지려는 새빨간 거짓말의 괄약근
다시 울컥 목구멍으로 치밀어 오르는 새빨간 거짓말
멀지 않아 새빨간 거짓말로 난리가 날 것이다.

IV

불시와 영일만

불시에 들이닥친 비에 내 생이 젖기도 했다.
불시에 들이닥친 입술에
내 그리움이 촉촉해지기도 했다.
불시에 왔던 것이 불시에 떠나가며
내 가슴 모서리에 청동 발자국을 남기기도 했다.

오늘은 빨래가 잘 마르고
불시란 희망 수천 그루 바닷바람에 나부끼고

화무십일홍

　화무십일홍 좋지. 음풍농월도 낙화유수도 아랫도리가 축축이 젖는 것도, 마르는 것도, 그렇게 찰나이지. 한때 동지라 불렀던 그도 좋지. 배신을 때리고 간 그 세월도 좋지. 화무십일홍, 음풍농월, 낙화유수도 다 찰나의 예술이지. 지는 것도 피는 것도 찰라이지. 꺾는 것도 꺾이는 것도 노래하는 것도 노래를 잊는 것도 다 좋지. 마 동지이든지. 말 동지이든지. 타오르는 가슴으로 만나, 죽창하나 깎아 꼬나들어도 좋지. 사선 사선으로 돌격해도 좋지. 어이 마 동지 살아 있나. 백골로 나뒹구나. 모든 것은 화무십일홍, 찰나의 외설이지. 불후의 걸작이지. 화무십일홍의 길이라도 겁 없이 가는 것이 생이지. 어이 마 동지. 말 동지. 화무십일홍 좋지. 음풍농월도 낙화유수도 네 아래가 젖는 것도 마르는 것도 참 좋지. 걸쭉하지. 걸작이지

자코메티에게 너무 늦게 쓴 편지

자코메티 나도 상징적으로 표현해다오. 나의 팔다리를 길게 그리고 한 마리 개로, 난 컹컹거리면서 거리를 싸돌아다닐 것이다. 긴 다리이나 허기와 가난이 귀찮다고 해서 훌쩍 뛰어넘지도 않고, 예민한 후각으로 썩어문드러지는 관료의 뒤나 졸졸 따라다니면서, 다리를 들고 경계를 표시하며, 내 구역의 순찰을 도는 개 한 마리로, 어쩌면 털갈이 시기가 되거나 비루먹어 슬퍼지더라도, 난 별빛에 취해 고개를 쳐들고 하늘을 향해 우우 우는 개, 개의 나라나 꿈꾸는 참다운 개, 야성이 되살아난 개, 자코메티 나에게 그런 기적이 있을 수 있나, 아니면 팔다리가 긴 낙타 한 마리로, 사막보다 더 바삭거리는 이 거리에서는 낙타의 마음으로 터벅거려야 하므로, 누란 누란으로 평생 가야 하므로 아니면 다리가 긴 준마 한 마리로, 밤새 박차를 가하여 무찌르고 싶은 이름이 있으므로, 자코메티 다시 내 생을 반죽하고 담금질하거나 무두질하여 짐승 한 마리로 만들어다오. 다리가 긴 그런 짐승, 슬픔이 긴 그런 짐승, 그리움이 긴 그런 짐승, 사랑이 긴 그런 짐승, 너무나 빨리 단명 하는 이 거리에서 내 꿈과 내 청춘을 보니 미안해, 자코메티 나를 그렇게 만들어다오.

모든 식물은 두레박을 가지고 있다

아무리 깊은 곳에 떠도는 죽음이라도
식물은 뿌리라는 두레박으로 길어 올려
꽃이나 과일이나 잎이나 가지로 무두질해 낸다.

땅 깊이 뻗어가는 뿌리는 누구도 멈추게 할 수 없는
생명의 두레박질이다.
아무리 캄캄해진 죽음이라도
뿌리는 악착같이 찾아가 봄 가지 끝에다
환한 목련으로 길어 올린다.
그래서 봄 목련에서는 은은한 죽음의 냄새가 난다.

선사시대의 죽음이라도 난으로 능지처참으로
맞이한 죽음이라도
모든 뿌리는 찾아가 죽음의 즙마저 길어 올려
저 눈부신 태양 아래에
파초 잎으로 펄럭이게 하거나 무성한 이파리로 물결치
게 한다.

뿌리는 죽음을 길어 올려 생명으로 만들어내는 연금술사
어둠 여기저기서 뿌리가 뻗어가고 있다는 것은 불멸의

희망이다.

　죽음마저 두렵지 않게 하는 우리의 푸르른 신앙이다.

　조용, 지금도 뿌리 하나 아득한 곳으로 내려가고 있는
중이다.

　외진 곳의 죽음 하나

　부활의 노래 부르려고 하악골을 벌써 따각거리고 있다.

질타

무너져야 사랑이다.
슬픔도 진화한다.
이별이 온 사랑이라야 더 아름답다.
격렬한 사랑도 없이 사랑이 가고
마음이 꼬이고 꼬였을 때
내가 뱉은 말이다.
등나무도
칡도
세월을 향한 질타를
꼬인 몸으로도 온통 푸른 잎으로 피워내었다.
이 시절 이렇게 푸른 것도
세상에 보내는
산천의 질타가 푸르게 타오르기 때문이다.

내 마음의 창세기

난 네가 필요하다. 내 가슴을 뛰게 하는 네 눈빛이 필요하다. 쓰러지는 나를 잡는 네 손이 필요하다. 식어가는 내게 군불 지펴주는 네 사랑이 필요하다. 지금은 무엇을 뚝딱거리면서 만들기 좋은 계절, 내 마음 넓게 펼쳐 그 위에 너를 만든다. 한 그루의 너를, 한 권의 너를, 한 개의 너를, 한 잎의 너를, 한 마리의 너를, 한 잔의 너를, 한 송이의 너를, 한 채의 너를, 지금은 내 마음의 창세기, 나를 부셔서 너를 만든다. 난 네가 꼭 필요하다.

기일

현고부군학생인 아버지는 웃고

먼 타관에서 사업실패로 떠도는 삼촌의 발소리는 들리
지 않고
촛불은 더 멀리 마중 불빛 보내려는지 활활 타고

벼슬이 없어도 어느 고관대작보다 더 환한 영정 속 아
버지의 웃음은
세월을 초월한 신선만큼 넉넉한 아버지의 마음일 테지만

현고부군학생인 아버지 등에 업혀 아리랑 고개 넘어 외
할머니 댁으로 가
콩나물시루에서 물 떨어지는 그 맑은 소리 다시 듣고
싶은데

늘 쓰린 속 아버지 약속으로 몇 번 쓰다듬어 주시면 나
을 것도 같은데

어두운 세월 속에 모신 현고부군학생인 아버지의 영정
은 보름달보다 환하여

어두운 세월 동생 내외 길 밝혀오라는 간절함 같은데

뒤란에 대숲 빨치산같이 몰래 스며든 바람이 바스락거
리고
절하고 잔 올리자 먼 성긴 별 아래로 누가 오는지 개 짖
는 소리 들리고

아나키스트의 사랑

　꽃이 내게 정부였다. 꽃 그림자가 나의 당국이었다. 꽃밭이 내게 블루 하우스였다. 물봉선화라는 꽃, 달맞이꽃, 달개비라는 꽃, 상사화라는 꽃, 함박꽃, 너라는 꽃 꽃의 정책으로 내 사랑은 흘러가고 꽃의 향기로 내 사랑은 달아오르고 꽃의 기억으로 내 꽉 다문 영혼의 아랫도리가 후끈 열리고 내 영혼의 처녀시절은 그렇게 마감하고 꽃의 흔들림으로 내 그리움이 물결치고 낙화유수라도 화무십일홍이라도 내 사랑은 꽃과 함께 피고 지고 내 영혼의 아랫입술과 윗입술로 부드럽게 문 너라는 꽃의 이름 꽃이 내게 전부였다. 꽃 그림자가 나의 자궁이었다. 꽃밭이 내게 러브 하우스였다.

사랑이 그렇더라도

밤새 왜 저 새가 우노
사랑이 아파서 운다.
종일 왜 저 꽃이 시드노
사랑이 가버려서 시든다.
그래도 나사
사랑 한 번 하고 싶다.
사랑이 가버려서
평생 슬프더라도
너랑 사랑 한 번 하고 싶다.

정림초등학교 플라타너스

정림초등학교의 교정에 수령 수십 년 된 플라타너스
그 그늘 아래는
전교생인 백 명의 아이들이 들어가도 남아
핵우산같이 퍼진 그 그늘 아래서 오늘은 6학년 체육시간
선생님과 아이들 어우러져 줄넘기 연습 한창이고
줄을 넘으며
학교 담을 넘어 세상 밖으로 뛰쳐나가려는 자세 익히
는데
그 그늘 아래로 와 잠깐 쉬는 우체부의 배낭 안에서
지금도 개인파산으로 평생 갚아도 다 갚지 못할 빚으로
가족 뿔뿔이 흩어두고 혼자 떠도는 가장의 슬픈 소식
비밀스레 부친 부모님 전상서 한 통으로 앉아 땀을 식
히는데
아직도 분단의 나라 조기경보기 한 대
오산인가 평택 어딘가에서 떠올랐는지
플라타너스 꼭대기의 하늘에 긴 상처 내며 더 깊은 하
늘로 솟구치고
어디가도 손바닥 들여다보듯 다 들통 나는 세상이지만
그 세상으로 나가기 위해 1학년 1반 아이들
다음 체육시간에는 느티나무 그늘 속으로 가 뜀박질 익

힌다고

　꿈에 부푼 국어시간 ㅏ ㅑ ㅓ ㅕ ㅗ ㅛ ㅜ ㅠ 목청 높이
는데

　아이들 이마에 흐르는 땀이 걱정되는지

　한층 더 촘촘해지는 느티나무 그늘

　더 활짝 펴지며 바람에 흔들리는 초록의 저 싱싱한 사랑

북방여치에게

여치야 아직 사랑한다 말 한 마디 전하지 못했는데
가을이 다 가버린다고 북새통 떨며 울지 마라
정말 사랑은 사랑한다는 말 익히는데 천년이 가고
사랑한다는 말 전하려 고개 돌리는데 천년이 가고
사랑한다는 말 전하는데 억겁이 간다.
전생을 돌아 후생을 돌아 사랑한다는 말은 그렇게 한다.
처절하게 우는 여치야, 여치의 사랑아, 울지 마라

지리산 하니 섬진강 가고 싶네

　지리산 하니 섬진강 가고 싶네. 아무 연고가 없지만 섬
진강에 가면 꽃 강물 흐를 것 같아 아니면 꽃 같은 이름 강
가에 나와 빨래를 곱게 할 것 같아 나 강가에 가 오래된 슬
픔이니 죄니 마음의 얼룩이니 썻으면 별 냄새 향긋한 밤
이 지리산을 타고 칠점사처럼 싸리 꽃 사이사이로 올 것
같아 은어 등지느러미를 타고 올 것도 같아 전생 어디쯤
에서 내가 역적으로 가만히 삿대를 저으며 유배 살던 곳
인 섬진강 아니면 내 여우 같은 마누라와 토끼 같은 새끼
가 장터 같은 세상 돌고 돌다가 재 넘어가는 나를 밤새 호
롱불 밝히고 기다릴 것 같은 섬진강 지리산 하니 섬진강
에 가고 싶네. 인연이야 없으면 가서 맺으면 인연이고 나
섬진강 가에서 지리산 빨치산 되어 한철 꽃처럼 피었다가
후루룩 끝없이 지고도 싶네.

나쁜 봄

경아 어디 살아 있느냐. 밝혀서 곱사등으로
씻고 씻어도 가시지 않는 얼룩으로
어디서 옹달샘 같은 눈물 흘리며 살아 있느냐.
경아 넌 살아 있어야 한다.
너 보내고
살아남은 나는 너와 함께 가지 못해
치욕적인 나날이다.
밥 한 술 편히 뜰 수 없는 날이다.

경아 너 없는 날, 꽃 피어도 어디 꽃이겠느냐.
저물어간 네 모습이지
새 울어도 어디 새 울음이겠느냐.
비가 온다 해도 어디 비이겠느냐.
다 네 발소리거나 잊지 못할 네 목소리지
봄이 와도 봄이 아니지, 나쁜 봄이지

경아 네 살아 있다 보면
언젠가 나는 네 뒤란에서 우는 소쩍새 한 마리 아니겠
느냐.
네 먼발치에서 난

네 수난사 밤새워 써주는

풋내기 문학도가 아니겠느냐.

네 그리워 웅크려 우는 그리움의 짐승 한 마리 아니겠

느냐.

경아 봄 내내 보이지 않아

몹쓸 사람 경아, 네 보이지 않는 날 봄이 와도 어디 봄이

겠느냐.

봄 오면 네가 올까 잠 못 드는

산이고 들이고 바다고 나인데

올해도 네가 보이지 않아 나쁜 봄만 이렇게 깊었는데,

몹쓸 사람 경아

저 풀꽃

비바람이 몰아칠 거라는 불안 속에서
조그만 풀꽃 하나
봄날을 맨몸으로 파수하고 있다.
맨발로 지키고 있다.
누대의 어떤 유언 가슴에 품었는지
아질아질 아지랑이 속에서도
지워질듯 저 풀꽃 끝없이 꿋꿋하다.

몸춤

　죽은 쥐 몸속으로 회색 털을 밀어내며 바글거리며 파고
드는
　구더기 떼의 몸춤을 한 번쯤 보아라.
　쉰내 나는 죽은 쥐의 몸속으로 온몸을 밀어 넣는
　그 모습이 역겹다가도
　구더기도 한 목숨인데
　날아오르기 위한 에너지를
　저 죽은 쥐의 몸속에서 얻어내는 목숨의 춤사위 한창인
데 하면
　그마저 아름다워 보인다.
　가장 더럽다고 여기는 곳에서 몸 굴려서라도
　구더기 떼는 한 번 날아오르고 싶어 몸춤을 추는 거다.

　날아보기 위한 꿈마저 접어버린 우리도 시궁창 같은 이
도시 밑에서
　구더기처럼 정신없이 바글거리다가 몸춤으로 정신없이
역겹게 놀다가
　그래도 날자, 한 번 날아보자꾸나

분이

그 이름이 좋았다. 철원에서 보내던 군 시절
철조망을 잡고 가만히 불러보던 이름, 분이
적도 표적도 가늠할 수 없는 칠흑의 밤
분이 네 이름은 내 가슴 속에서 옥수수 잎처럼 서걱거
렸다.
오지리 우물가로 나와 모든 군인의 가슴을 설레게 하던
분이
철조망을 통과해 내가 가장 가까이서 불러주고 온 이름
분이
땅 끝에 가면 땅 끝에서도 더 끝 수평선에서 가물거리
는 이름
들판에 나가면 들판 끝 지평선에서 가물거리는 이름
그 이름 분이
내 전방 군 시절
군화에 묻어 내 추억 속으로 전역해 온 이름 분이

잊을 수 없는 분이, 세월 저 건너편에서 나를 자꾸 울먹
이게 하는 이름 분이
공산당 당원의 할아버지로 출세하지 못한 아버지와 어
린 딸 분이

철원 사나운 눈발로 네 가슴 깊이 쳐들어가고 싶은 날
이 갔으나
지금도 쳐들어가고 싶은
세월 저 건너편에서 밤새 가물거리는 적 같은 이름 하
나 분이

수잔

　전생의 어느 봄날에 스친 인연인가. 수잔, 전생의 어느 PC 방에서 아니면 이별이 오는 항구에서 수잔, 어디서 얼굴 마주하고 울었던 인연이기에, 가물거리는 추억으로 기억에 남아있는가. 수잔, 막 굴러먹다가 와 죄의식 속에 고개를 묻고 울던 날에도 결국은 이 막바지로 와 네 이름을 부르기 위한 수순이었던가. 수잔, 왜 이리 그리운가. 너를 다시는 부르지 않는 곳으로 가고자 했던 날이 결국은 이곳에 와 쓸쓸한 계절 속에 얼굴 쳐 박고 너를 부르고 말 줄이야. 수잔, 등에 박힌 칼처럼 뽑아버릴 수 없는 이름 수잔, 수습되지 않는 수잔 네 이름, 천지에 벚꽃 잎으로 분분이 날린다. 내가 숱하게 발부둥치면서 멀어져왔다는 것도 결국은 네 이름 안에서 맴돌았을 뿐이다. 수잔, 이름만 내게 남겨두고 떠난 너, 지금 어디 있는가. 수잔, 우리 어느 전생에서 이루지 못한 사랑으로 울었던 사이였던가. 수잔

꽃

난 당신의 몇 부 능선에 피었던 꽃인가.
채석강가 채석 위에 핀 꽃은
몇 천년 제 몸을 공중부양하여 이른 것인가.
내 안에 꽃으로 피었던 당신도
당신 안에 꽃으로 피었던 나도
꽃씨 하나 남기지 않은 불임의 꽃이었구나.
서로의 가슴 속을 가도 가도 보이지 않는 꽃
척박한 세월이라지만
돌 안에도 돌꽃이 핀다는데
구름의 몸 안에도 구름꽃 핀다는데
우리가 이제 우리의 꽃이라 부르며
꽃의 씨방에 들어가 요나처럼 울 꽃은
그리고 난
당신의 몇 부 능선에 다시 피어야 할 꽃인가.

마음에 둔다는 말

마음에 둔다는 말 아니요. 말은 하지 않으나
마음에 두고 산다는 말 얼마나 은근하고 부드럽나요.
좋던 좋지 않던 마음에 두고 산다는 말
마음에 둔 이름
남모르게 입 안에서 굴리고 굴리면서 산다는 것

나도 살아오면서 마음에 둔 이름이 있습니다.
달밤이면 마음에서 메밀꽃처럼 하얗게 일어나는 이름

마음에 둔 이름 하나 때문에 집을 나서고
마음에 둔 이름 하나 때문에 꽃을 심고
마음에 둔 이름 하나 때문에 남몰래 울고
마음에 둔 이름 하나 때문에 비를 혼자 맞는
마음에 둔 이름 하나 때문에 목숨을 거는

마음에 두었기에 누구도 낙서처럼 지우지도 못하고 약
탈 할 수도 없는 이름
누구도 버려라 강요할 수 없는 이름
달밤에 바람 불면 견딜 수 없게 마음에서 물결치는 이름

마음에 둔 이름 하나 부르기 위해 극지로 가고 사투를
하고

　마음에 둔 이름 하나 부르려 빗발치는 총탄 속에서 깃
발을 흔들고

　마음에 둔 이름 하나 부르기에 난 밤의 꼭대기로 갑니
다.

　마음에 두었기에 혼자 미친 듯 부르다가

　가난한 잠이라도 들어야 하므로 밤의 꼭대기로 갑니다.

*2010년 5월 26일, 조용미 시인의 「메밀꽃이 인다」는 시를 읽다가

케나

정강이뼈로 만든 악기가 있다고 한다.
사랑하는 사람이 죽으면 그 정강이뼈로 만든 악기

그리워질 때면 그립다 그립다고 부는 케나
그리움보다 더 깊고 길게 부는 케나
들판에 노을을 붉게 흩어놓는 케나 소리
집으로 돌아가지 못한 짐승을 울게 하는 소리

오늘은 이 거리를 가는데 종일 정강이뼈가 아파
전생에 두고 온 누가
전생에 두고 온 내 정강이뼈를 불고 있나 보다
그립다 그립다고 종일 불고 있나 보다.

사랑의 빈 지대를 가로지르는
알레고리와 리비도의 이중주

김석준(문학평론가)

1. 글을 들어가며

우리는 무엇으로 사는가. 사랑이다. 우리는 "그리움에도 푸른 마디"(「그리움의 푸른 마디」)가 있다는 사실을 시말 속에 각인시키면서 하나의 세계를 건설하고 있다. 이를테면 김왕노 시인의 금번 상재한 『사랑, 그 백년에 대하여』는 사랑이라는 심급 위에 펼쳐지는 다양한 삶ー시간ー세계의 문양들을 변주 키질하고 있는데, 그것은 "생에 가장 무서운 악몽"(「파국의 거리에 비가 내리다」) 같은 "고통"(「과적」)을 사랑으로 초월하는 행위이다. 물론 그 사랑이라는 것도 따지고 보면, 허망하기 짝이 없는 것으로 판명나게 마련이기는 하지만, 시인은 사랑이 펼쳐내는 다양한 문양들을 시말 속에 응고시키면서 사랑의 정체가 무엇인지를 탐문하고 있다. 말하자면 『사랑, 그 백년에 대하여』는 인간학 내부를 사랑으로 채색하면서 사랑의 존재 방식을 영혼의 형식으로 심문하고 있다.

헌데 문제는 생 전체가 빈 지대에서 욕동한다는 사실이다. "없는 사랑을 내 사랑이라 나직이 불러"(「없는 사랑에 대한 에스프리」) 보면서 사랑이 처한 자리를 몽상도 해보지만, 끝내 사랑은 사랑하지 않음으로 귀결된다. 왜 그런가. 왜 시인 김왕노는 그 무수한 사랑의 노래에도 불구하고 자신의 사랑을 빈 지대에 위치시키는가. 물론 시인에게 사랑이 필수불가결한 요소임을 부정할 수 없다. 허나 문제는 그 사랑이 영원을 표상하지 않는다는 데 있다. 사랑은 현재의 향유이다. 사랑은 "노을 보다 붉은 사랑에 빠진 젊은 연인"(「쥐 죽은 듯이」)의 찬가이다. 허나 그 격렬했던 사랑도 휘어 사랑의 빈 지대에 당도하게 된다. 마치 "무너져야 사랑"(「질타」)이 있던 자리가 명백하게 드러나듯이, 우리는 저 사랑의 빈 지대에서 사랑의 본 모습을 정관하게 된다.

2. 존재의 무게 혹은 알레고리적 환상

삶—시간—세계가 사랑학으로 휘어진 마법의 운동일 때조차, 혹은 인간학 전체를 지배하는 가장 극렬한 운동이 사랑이라고 명명되더라도, 우리는 그 사랑 내부에 저 죽음 같은 절망이 자리잡고 있다는 사실을 문득 깨닫게 된다. 설령 시인 김왕노가 "화무십일홍의 길이라도 겁 없이 가는 것이 생"(「화무십일홍」)이라고 언명할 때조차, 우리는 생의 길 내부에 미지의 덫이 산적해 있음을 직감하게 된다. 때로 저 알레고리적 징환에 휩싸이기도 하고, 때론 황량한 생의 북쪽을 상상하기도 하면서, 시인은 자신이 처한 존재의 무게를 가늠하고 있다. 우리는 "자유의 결"을 통해서 "영혼의 청정지역"(「아나키스트의 사랑」)에 당도할 수 있는가. 허나 점점 무거워지는 존재라는 이름의 덫. 우리는 그 미지의 덫에 걸려 넘어져 삶—시간—세계가 하나의 환상일지도 모른다고 착각하게 된다. 하여 시인에게 생이란 항상 베를리오즈의 몽환적인 〈환상교향곡〉과 멘델스존의 비극적인 〈바이올린협주곡〉 사이에서 탄주되는데, 그것은 바로 사랑이 도달할 수 없는 자리이거나, 더 이상 생을 사랑하지 않게 되는 절망의 자리이다.

　　내 생의 북쪽에는 망가진 폐차와 함부로 떨뜨린 정액이,
　　실수로 낸 상처의 피가 종일 흘러가고 내 생의 북쪽에는, 초
　　속 몇 십 미터의 돌풍이 불고 돌풍에 떨어진 푸른 과일, 기
　　아로 죽어가는 아이와 그 옆에서 지켜보는 독수리, 내 생의
　　북쪽에는, 다리가 잘린 비둘기의 오후가, 와사풍이 온 처녀
　　와 목 잘려 버둥거리다 절명하는 닭과 피임에 실패한 가난
　　한 주부와 약에 취해 역주행하는 마흔 살과 내 생의 북쪽
　　에는, 아직도 새파란 철조망과 총구와 공개총살이, 내 생의
　　북쪽에는, 내가 낙타 한 마리로 건너려는, 내 생의 북쪽에는
　　　　　　　　　　　　　　　　　　　—「내 생의 북쪽」 부분

루소가 『인간언어기원론』에서 말한 것처럼, 북방은 황
량하고 거칠고 몽상이 살아 숨쉬지 않는 불모의 지대이
다. 이를테면 북방은 차라리 "절망과 비애"가 사는 그야
말로 죽음의 지대라고 말하는 것이 타당하다. 그런데 시
인 김왕노는 자신의 "생의 북쪽"을 일목요연하게 열거하
면서 그 모든 것들을 죽음본능 쪽으로 잇대어 놓고 있다.
마치 생이 따스하고 몽상적인 남방에서 황량한 북방 쪽으
로 휘어지도록 예정되어 있는 것처럼, 시인은 자신의 생
의 흔적들을 북쪽이 주는 상징적 사실과 매개시켜 그 모
든 것들을 엔트로피 공식으로 수렴시키고 있다. 우리는
"죽어가는"이거나 "절명하는 닭"이다. 우리는 남향에서
"북향"으로 자리바꿈하는 "늙어가는 채찍"이다. 비록
삶－시간－세계 내부에 네겐트로피적인 그 무엇인가를
기입하고자 하나, 우리는 "균열이 간 신화"의 지대를 활
보하면서, "날조된 역사" 속에서 소멸하게 된다.
　하여 시 「내 생의 북쪽」은 사랑학 옆에 은거하는 죽음학
이다. 그것은 역으로 우리가 언제나 이율배반적인 상황으
로 휘어진 운명의 형식이라는 말을 함의하고 있다. 우리
는 화려하고 충만한 사랑 옆에 항상 "끔찍한 장면"이 있
다는 사실을 직감하게 된다. 우리는 "붉은 핏자국"이다.
우리는 "주검"이다. 우리는 "하얀 뼈마디"다. 왜냐하면
그것이 삶－시간－세계를 지배하는 내적 구조이자, 시간
앞에 선 인간의 궁극적 형상이기 때문이다. 시인 김왕노
는 지젝이 『삐딱하게 보기』에서 말한 그 모든 체계를 전
복시키면서 저 거대한 죽음본능이 지배하는 실재계의 냉

혹한 현실을 똑바로 바라보고 있다. 허나 두렵다. 허나 상상계에 자아를 위치시키면서 징환에 휩싸이게 된다.

① 어어 자고 일어나니 난 그레고리 잠자, 벗어버릴 수 없는 등딱지, 누구의 관심을 끌지 못하는 버둥거림, 어어 혀가 꼬이고 얼굴이 사라지고, 사지가 사라지고 다리가 여섯 개, 더듬이 한 쌍, 이 기적의 소식을 더듬이를 꼼지락거려 텔레파시로 날릴 하늘이 다락방 위로 흐르고, 어어 자고 일어나니 그레고리 잠자, 가난한 날을 외판 하러 나갈 골목에 양귀비꽃은 붉게 피었다는데, 구두밑창을 닳게 하던, 두드려도 열리지 않는 무수한 문이 있던 골목에 청소차 지나가고, 문 밖에 내놓은 음식물 쓰레기 같은 날고 사라졌다는데, 난 여전히 버둥거리는 그레고리 잠자, 갑충 한 마리
　　　　　　　　　　　　　—「갑충 날갯짓하다」 부분

② 자코메티 다시 내 생을 반죽하고 담금질하거나 무두질하여 짐승 한 마리로 만들어다오. 다리가 긴 그런 짐승, 슬픔이 긴 그런 짐승, 그리움이 긴 그런 짐승, 사랑이 긴 그런 짐승, 너무나 빨리 단명하는 이 거리에서 내 꿈과 내 청춘을 보니 미안해, 자코메티 나를 그렇게 만들어다오.
　　　　　　　　　—「자코메티에게 너무 늦게 쓴 편지」 부분

사실 광폭한 실재계의 현실성을 정면으로 응시한다는 것은 그리 쉬운 일이 아니다. 아니 죽음본능이 실현되는 북방의 세계와 마주친 순간, 우리는 징환에 빠지거나 알

레고리적 환상에 이르게 된다. ①은 그러한 경우의 적확한 예인데, 시인은 자신을 벌레로 변한 "그레고리 잠자"와 동일시하게 된다. 이 세상은 "거짓 사랑"과 "거짓 문장"(「아 대한민국 하면서」)들로 가득 차 있다. 이 세상은 꿈도 없고 사랑도 없다. 그저 냉혹한 현실의 무게에 짓눌려 "가난한 날을 외판"할 뿐, 더 이상 삶─시간─세계는 희망의 원리로 작동하지 않게 된다. 하여 "버둥거리는 갑충"으로의 변신은 필연이다. 왜냐하면 죽음만이 비상의 "날갯짓"을 할 수 있게 만들기 때문이다. 아니 역설적으로 이 실재계를 지배하는 죽음본능의 완벽한 실현만이 가장 온전하게 안온한 상징계에 당도할 수 방법이기 때문이다. 어쩌면 시인이 갑충으로 변신한 그레고리 잠자가 되어 "죽음 속으로 가볍게 날아오른다"는 환상은 이 시대가 처한 현실의 자화상인지도 모른다. 가족은 해체되고, 인류적 공감대가 사라진, 그 "시대의 부산물"이 갑충으로의 변신 모티프이다. 우리는 너나 할 것 없이 소외된 잠자이다. 우리 모두는 "온몸에 검은 관이 뒤덮인 한 마리의 벌레"다. 우리는 "죽어서 비로소 날아오르"는 슬픈 "영혼의 입술"(「네가 나를 자작나무라 부를 때」)이다.

"벌써 인생의 오 할"을 "벌레의 얼굴"(「숙아 벌레가」)로 살아낸 순간, 우리는 나머지 생에의 형식을 개조할 수 있을까. 우리는 너무 늦은 것이 아닌가. 그저 주어진 운명대로 무의식이 만들어낸 환상 속을 헤매다가 스스로를 산화시키는 것이 바로 생이 처한 진경이 아닌가. ②는 초현실주의 화가인 "자코메티"의 그림언어를 통해서 시인의 내적 욕망을 간접적으로 드러내고 있는데, 그것은 역설적이게도 이 세상에 남은 마지막 "꿈"에 관한 열망이거나 "별빛"에 관한 몽상적 의식에 다름 아니다. 비록 김왕노 시인이 자코메티의 그림 모티브를 통해서 동물로의 변신을 감행하지만, 일련의 이미지의 변용과정, 즉 '개→낙타→준마'로의 변신과정은 "다시" "생을 반죽하고 담금질" 하여 "청춘"을 구가하고 싶은 내적 열망이다. 설령 그 모든 것들이 "슬픔, 그리움, 그리고 사랑"으로 휘어져 끝내는 "단명"할지도 모르지만, 시인은 참다운 "꿈"을 꾸고 "야성"을 되살려 하늘과 사막에 당도하기를 희원하고 있다. 허나 너무 늦었다. 허나 생의 오할 이상을 허비한 시인은 자코메티에게 쓴 편지가 너무 늦었다는 것을 직감하게 된다.

어디다 내 짐을 내릴 수 있는가.

한때 열정으로 너무 많은 꿈을 실었다. 내 몫이 아닌 것마저 챙겨 앞으로 한 걸음 나아간다는 것이 고통이다. 내 것이 많을수록 행복의 지수는 낮아지고 고통에 일그러지는 모순의 길에 들어섰다.

—「과적」부분

존재가 무겁게 표상되는 이유는 바로 욕망 때문이다. 설령 삶ー시간ー세계가 펼쳐내는 그 모든 것들이 "가난한 꿈과 비루먹은 미래"(「아 대한민국 하면서」)로 휘어질 때조차, 우리는 언제나 "과욕"을 꿈꾼다. 욕망의 길은 "고통의 여정"이다. 마치 저 끝없는 욕망으로 휘어진 자본의 구조가 정신분열을 양산하는 것처럼, 우리는 "너무 많은 꿈"들로 인해 삶ー시간ー세계 전체를 황폐하게 만들게 된다. 어쩌면 생이 북쪽으로 휘어지는 것도, 알레고리적 환상에 빠져 온전한 자기에 이르지 못하는 것도, 욕망의 무게로 인해 파생된 것인지도 모른다. 왜냐하면 후기산업사회는 자본적 욕망의 무게와 정비례 관계에 놓여 있기 때문이다. 하여 "한 발 앞으로 간다는 것"은 "고통의 바다"에 이르는 것이나 진배없다. 우리는 "꿈을 하역"하여야만 한다. 포화된 꿈이 정신분열에 이르고 징환에 휩싸이게 만들기 때문인데, 시인 김왕노는 과부하가 걸린 현대인의 초상을 응시하면서 욕망의 부질없음을 설파하고 있다. 따라서 시 「과적」은 과부하가 걸려 "오버"된 "생"에 대한 경고음이자, 진정한 "참회의 길"로 휘어져 "뼈"에 깊숙이 새긴 "말"의 전언이다. 삶ー시간ー세계를 욕망의 함수로 종주할 때, 우리는 그 모든 길들이 비움의 과정으로 휘어지게 된다는 사실을 깨닫게 된다. 존재의 무게를 가볍게 희석시키면서, 과적된 "영혼의 곳간"도 비워내면서 진정한 행복이 무엇인지를 성찰하게 된다.

3. 사랑의 이중주:에로티즘 혹은 빈 지대

사랑의 궁극 목적은 완벽하게 성취된 사랑 내부에서 사

랑 그 자체를 완벽하게 소진하여 더 이상 사랑을 하지 않게 하는 데 있다. 사랑이 사랑을 다시 도발하게 될 때, 그것은 고통의 도발이자, 사랑의 경제학적 지평이 완벽하게 실패한 것으로 판명난다. 사랑은 결핍의 운동이다. 사랑은 항상 미진한 잔여 부분에 의해서 사랑을 다시 사랑하게 되는데, 그것이 바로 사랑이 처한 현주소이다. 허나 사랑이 더 이상 사랑을 사랑하지 않게 될 때, 우리는 무엇으로 사는가. 분명 사랑이라는 형식이 빈 지대에서 욕동하는 것만은 사실이지만, 우리는 사랑을 어떤 방식으로 전유할 때 가장 완벽한 사랑을 성취하게 되는가. 사랑을 해도 문제고, 사랑을 하지 않아도 문제다. 사랑 그 자체가 항상 문제의 중심에 위치하면서 인간학적인 갈등이나 모순을 일으키게 된다.

하여 삶—시간—세계를 지배하는 은밀한 내적 기호인 사랑은 이중성 위에서 자신의 본 모습을 현동하게 된다. 더 많은 쾌락의 주이상스를 도발하기 위하여, 끝내는 삶의 에너지 총량을 완벽하게 고갈시키는 그곳에 사랑학이 위치해 있다. 사랑은 이율배반이다. 사랑의 결과가 언제나 죽음을 도발한다라는 사실을 직감적으로 느끼지만, 사랑은 죽음의 포월 속에 피어난 반복의 운동이다. 사랑은 불완전하다. 아니 인간학 내부를 지배하는 사랑이 반복의 선상 위를 질주하는 엔트로피로 표상되는 한, 사랑은 언제나 그 모든 인간학적 사태를 빈 지대에 위치시키게 된다. 하여 사랑은 축적이 아니라 소모다. 사랑은 사랑했던 그 순간을 사랑하지 않음으로 귀결시키게 된다. "나는 널

사랑하다가 죽여 버리려고 한 날들이 있었다"(「늦은 저녁
모서리에 너를 낙서하는 날이 시작되었다」)고 진술하게
고백하면서, 자신의 사랑의 위치가 "극빈의 사랑"(「극빈
한 사랑」)이라는 사실을 알아채게 된다.

① 지그문트 프로이드! 바람이 분다. 바람에 흔들리는 간판
들, 꽃들, 만장들 곧 리비도가 나타날 징조다. 리비도와 나
와 함께 만날 사람은? 지그문트 프로이드! 리비도만 찾아온
내가 수소문할 아가씨는 하늘에서 언제 비처럼 쏟아지나?
난 리비도에 빠진 사내, 리비도에서 벗어나려면 구순기, 항
문기, 남근기, 잠복기 그 다음인가? 지그문트 프로이드! 리
비도를 배척할 적절한 시기는? 지그문트 프로이드! 바람이
불어 내가 흔들린다. 리비도와 함께 불어와야 할 것은 황진
이 같은, 논개 같은, 춘향이 같은 지조의 여인들, 지그문트
프로이드! 불어오지 않는다면 그 여인을 데려와야 할 푸른
루트는 어디에
　　　　　　　—「리비도에 빠진 한 남자의 궤적」부분

② 사마귀의 교미 알지, 잡아 먹힐까봐 가까스로 다가간 수
놈의 치열한 사랑, 교미가 끝나고 잽싸게 달아나지 못하면,
그대로 암사마귀의 먹이가 되는, 머리가 아삭아삭 씹혀 먹
히면서도 생명의 씨앗을 아득하게 쏟아 붓던 기억이, 오르
가슴의 전율로 남아, 꼬리가 다 먹힐 때까지 바르르 떨던,
사마귀 그 사랑을
　　　　　　　—「사마귀와의 교미 혹 사랑론」부분

사랑은 리비도의 경제학적 지평을 충실하게 따르는 지극히 본능적인 기호이다. 물론 리비도를 인류성으로 승화시킨 것이 사랑이기는 하지만, 리비도는 사랑을 떠받치는 삶의 에너지 총량이자, 자기보존본능이다. ①과 ②는 시적 소재만 다르지 양자 공히 사랑학 내부를 지배하는 리비도의 경제학적 지평을 내밀하게 바라보고 있다. 사랑은 죽음본능의 체현이다. 아니 저 유명한 바따이유의 에로티즘에 대한 정의, 즉 '죽음까지 파고든 삶'이라는 명제는 인간학의 궁극에 관한 결론이자, 삶─시간─세계가 처한 극렬한 몸짓이다. 우리는 "치명적인 사랑"이다. 우리는 "사마귀"이다. 우리는 너나 할 것 없이 "리비도에 빠진 사내"다. 우리는 리비도에 의한, 리비도를 위한, 리비도의 삶을 산다. 우리는 리비도의 충실한 충복이다. 기실 따지고 보면 저 삶─시간─세계라는 우주적 원리(혹은 인간학적인 원리)도 심층의 리비도에 의해 지배받고 있다. 왜냐하면 리비도는 그 자체로 생을 생으로 표현하는 가능태이자, 모든 원리의 가능 조건이기 때문이다. 설령 그것이 죽음으로 향하는 외길 수순을 밟을 때조차, 리비도는 주이상스를 실현하는 쾌락의 원리를 가장한 반복의 운동이다.

물론 문명화된 "도시"라는 공간이 피학과 가학으로 휘어져 그 리비도의 발현방식을 변태성으로 휘어지게 만들기는 하지만, 따라서 사랑을 사랑하는 방식이 "공격적인 섹스"의 형태로 변질되기까지 했지만, 그것 역시 리비도의 충실한 하나의 표현이라고 말하는 것이 타당하다. 이성적인 문명이 그렇게 만들었든 만들지 않았든 상관없이,

우리는 리비도의 충실한 사자이다. 리비도가 있는 자리에 인간학이 있고, 승화가 있다. "엽기적인 생활 방식"이든 "극적인 순간"을 향한 "전율"이든 상관없이, 삶─시간─세계를 떠받치는 가장 극렬한 기호는 리비도이다.

① 그러나 사랑을 알고부터 백년은 너무 짧다 생각했습니다.
사랑한다는 말 익히는 데도
백년이 갈 거라 하고 손 한 번 잡는 데도 백년이 갈 거라 생각했습니다.
마주 보고 웃는 데도 백년이 갈 거라 생각했습니다.
백년 동안 사랑으로 부풀어 오른 마음이
꽃 피우는 데도 백년이 갈 거라 생각했습니다.

사랑 속 백년은 참 터무니없이 짧습니다.
사랑 속 천년도 하루 햇살 같은 것입니다.
                              ─「사랑, 그 백년에 대하여」 부분

② 한때는 쿵쾅거리는 심장으로
너를 기다리기도 했다.
너에게 미쳐서
고함지르기도 했다.
(…중략…)
한때 너에 대한 집착
한때 너에 대한 열광
한때 너를 향한 추종

하나 쇼하지 마라

너에게 미쳐 있는 동안 너는 멀리 떠나고 있었다.

다시 건널 수 없는 이별의 깊은 강을 만들고 있었다.

—「쇼 하지 마라」 전문

사랑은 모순의 운동이다. 사랑은 휨 작용이다. 하여 사
랑은 언제나 사랑하지 않는 쪽으로 휘어져 그 모든 의미
를 변질시키게 된다. 한때 불 같은 사랑도 혹은 "백년"을
기약했던 사랑도 그것들 모두는 "이별이나 상처"로 휘어
져 사랑의 "고통"만을 각인하게 된다. 헌데 ①과 ②는 사
랑의 자리를 상호 대극에 위치시키면서 사랑의 존재방식
을 문제 삼고 있다. 대저 사랑할 때와 사랑이 변한 순간에
무슨 일이 벌어지는가. 미움이나 증오인가, 더 이상 사랑
하지 않음인가. 사랑의 목적이 사랑하는 것인 한, 사랑 그
자체는 변하지 않는다. 생명이 있는 한, 사랑을 사랑하는
것이 최대의 목적이다. 헌데 우리는 사랑의 "기약"이 "아
쉬운 작별"을 고하고 만다는 사실을 직감하게 된다. "너
에게 미쳐 있는 동안 너는 멀리 떠나고 있었다"고 말하면
서 혹은 사랑에의 "집착, 열광, 추종"이 하나의 "쇼"라고
생각하면서 사랑 전체를 허구로 만든다. 그렇다면 삶—시
간—세계 내부를 이끌어가는 사랑의 정체는 무엇인가.

다시 사랑의 본질적 의미가 무엇인지 묻지 않을 수 없
다. 시인 김왕노가 사랑이 있던 자리와 부재했던 자리 사
이를 "백년"이라는 시간을 통해서 사랑의 의미적 순간을
노래할 때, 사랑은 도대체 인간학 내부를 어떠한 방식으

로 순치시키는가. 인간에게 사랑이 없는 순간을 상상하기
란 그리 쉽지 않다. 아니 바따이유가 말한 것처럼, 사랑은
축적과 소모의 경제학적 지평을 활보하면서 사랑 자체를
죽음본능으로 실현시킨다. 저 짜릿한 사랑의 전이의 순간
에 관한 주이상스를 몽상하면서 사랑은 사랑 자체를 순간
속에 내파시킨다. 맞다. 모든 사랑은 현재적인 순간이다.
하여 사랑은 "터무니없이"이거나 "하루 햇살" 같은 그 무
엇으로 표상된다. 백년을 기약하고 천년을 사랑한들, 사
랑은 몸 감각에 일러 세운 상흔의 기록이다.

　①안개란 당신, 있으나 잡으면 잡히지 않는 안개라는 당
신, 모두가 돌아간 밤, 세상에서 안개로 피어오르는 당신,
끝없이 자욱한 당신, 안으면 한없이 안겨오나 실체가 없는
당신, 안개라는 당신, 당신이 길을 막고 시야를 가려도 원망
할 수 없는 당신, 안개란 당신, 미루나무보다 더 키 큰 당신,
벌판 보다 더 넓은 당신, 강 보다 더 깊은 당신, 안개란 당신,
어디나 있으나 어디나 없으며 날 외롭게 하는 안개란 당신,
까르르 웃으며 안기고 싶은 당신, 안개란 당신, 참 많은 당
신, 전혀 없는 당신, 안개란 당신
　　　　　　　　　　　　　　　　　　　—「안개 당신」 전문

　②슬픔과 짝을 이루려고 선보러 갔나
　사나흘 네 빈 아궁이로 거친 어둠이 몰아치고
　네 대문가에 수취인 부재로 나뒹구는 우편물
　가도 가도 여전히 너라는 먼 집

가서는 내 목숨 훌훌 벗어

벽에 걸어두고 싶은 너라는 먼 집

그 곳에서 불륜에 빠진 달빛과 강물

뒤란으로 드나드는 푸른 바람과 몸 섞으러 갔나

가도 가도 언제나 텅 빈 너라는 멀고 먼 집

— 「너라는 먼 집」 전문

    사랑은 타자다. 사랑은 타자에게 다가가 자신의 심혼을 타자에게 전이시키는 순간이다. 대상리비도 집중, 그것이 사랑의 본체이자 실질이다. 헌데 만약에 사랑이 프로이트가 말한 나르시스의 자기색정주의에 빠진다면, 사랑 대상은 이 세상에 없다. 자살이다, 죽음이다. 사랑을 해도 죽음이고 사랑하지 않아도 죽게 된다. 헌데 ①과 ②는 남여 쌍방간의 사랑이 빈 지대에 욕동하거나 하나의 허상임을 예증하고 있다. 살은 "잡히지 않는 안개라는 당신" 속에 기입되어 있거나 "언제나 텅 빈 너라는 멀고 먼 집"으로 표상된다. 우리는 대상적인 사랑이 언제나 실패로 귀결될 것이라고 예감하게 된다. 사랑은 사랑 대상에 당도하지 못한다. 사랑이 완벽하게 실현되어 주이상스의 극한에 도달한 순간, 사랑은 죽음을 부르게 된다. 〈감각의 제국〉의 사다와 키치의 사랑처럼, 혹은 사마귀의 교미처럼, 사랑은 죽음까지 파고드는 에로티즘적 사랑이다.

    헌데 사랑 옆에 자기보존본능 작동하는 한, 사랑은 언제나 실패한 사랑이거나 사랑의 잔여 부분을 남겨 놓고 다음 사랑을 기약하게 된다. 사랑은 필승을 목표로 치달

아가다가 필패를 자인하는 반복의 운동이다. 하여 사랑은
언제나 기쁨의 주이상스가 아니라, "슬픔과 짝"을 이루고
저 이루 헤아릴 수 없는 "허무"에 당도하게 된다. "안개"
처럼 미궁으로 회귀하는 사랑, "어디나 있으나 어디나
없"는 당신이라는 이름, 그것이 바로 김왕노가 도달한 사
랑 자리이다. 저 "구름"(「구름 여자」)처럼 산일하여 흩어
져 소멸하는 지대에 시인의 사랑이 위치해 있다. "내 마음
수천 번 네게 갔지만/난 단 한 번도 네게 가지 못했다"
(「고백」)는 고백의 전언 속에 사랑의 진실이 숨겨져 있다.
사랑은 "단 한 번"의 완벽한 영육의 결합이 가져오는 완
벽한 죽음이다. 허나 사랑은 "수천 번" 속에서 "단 한 번"
을 완성하지 못한다. 왜냐하면 사랑은 사랑의 빈 지대에
잔여 부분을 남겨 놓고 다른 사랑이 찾아오기를 소망하기
때문이다.

4. 그리움 혹은 인류적 사랑

　사랑의 이중주가 실패로 끝나면, 사랑을 휘어 그 모든
것들을 그리움으로 환원시키게 된다. 마치 모든 사랑의
형식들을 승화로 귀결하여 인류성을 표방하듯이, 사랑은
그 극렬한 인간학적 포즈를 순결한 정신성으로 표방하게
된다. 마치 「시인의 말」에서 말한 것처럼, "오지 않는 것
에 대한 기다림"을 "그리움의 실체"로 전이시키면서 시인
김왕노는 자신의 사랑을 인류적 사랑으로 고양시키고 있

다. 사랑의 원점은 "요나"(「꽃」)이고, 꽃이다. 사랑은 "그리움의 상전벽해"이다. 하여 사랑은 한없는 그리움으로 회귀하는 인류적 사랑, 즉 요나콤플렉스의 체현된 과정인데, 그것은 사랑할 수 없음에 대한 보상심리에 다름 아니다. 사랑이 실패한 자리에 항상 원초적 그리움이 핀다. 모든 사랑이 자궁의 회귀이듯, 우리는 인간에게 허여된 사랑을 휘어 저 그리움이라는 절대 심급 속에 모든 의미적 사태들을 봉인하게 된다.

정강이뼈로 만든 악기가 있다고 한다.
사랑하는 사람이 죽으면 그 정강이뼈로 만든 악기

그리워질 때면 그립다 그립다고 부는 퀘나
그리움보다 더 깊고 길게 부는 퀘나
들판에 노을을 붉게 흩어놓는 퀘나 소리
집으로 돌아가지 못한 짐승을 울게 하는 소리

오늘은 이 거리를 가는데 종일 정강이뼈가 아파
전생에 두고 온 누가
전생에 두고 온 내 정강이뼈를 불고 있나 보다
그립다 그립다고 종일 불고 있나 보다.

—「퀘나」전문

현재적 사랑이 소진되어 그것이 타나토스로 휘어지면, 살아남은 자의 슬픔이 비로소 시작된다. 그리움이다. 시

137

인에게 그리움은 시말의 선험적 가정이거나, 사랑이 당도하는 궁극의 지점이다. 하여 그리움은 형질이 전환된 사랑 방식인데, 그것은 사랑을 가장 완벽하게 사랑하는 방식이다. "전생"의 어느 지점을 몽상하면서, 혹은 희미해진 옛사랑의 그림자를 추억하면서 시인 김왕노는 "퀘나"를 "종일"토록 불고 있다. 그것은 가장 완벽한 죽음을 통해서 가장 완벽한 사랑을 성취시키는 방식이다.

시 「퀘나」는 시인이 도달한 사랑의 자리이거나 육체의 형식을 띤 사랑 자체의 한계상황을 "정강이뼈로 만든 악기", 즉 "퀘나"에 응고시켜 애끓은 심경을 절절이 노래한 시이다. 어쩌면 삶—시간—세계의 내접면에 자리한 그 모든 것들은 그리움의 대상인지도 모른다. 왜냐하면 우리 모두는 스스로를 휘어, 시간 내부로 소멸하는 절멸의 운동이기 때문이다. 사랑도 휘어지고, 시간도 휘어져 궁극에는 너나 할 것이 구슬픈 "퀘나"를 부르면서 사랑을 추억으로 완성하게 된다. "오늘"과 "전생"이라는 시간을 그리움으로 건너면서, 사랑이었고 사랑이었다고 믿어지는 사랑의 빈 지대를 그리움으로 가득 채우고 있다. 그리움이 충일한 현재의 시간이 과거의 사랑을 비로소 완성하게 된다. 사랑을 완성하는 것은 사랑 자체를 그리움으로 휘어지게 만드는 바로 그곳에 존재한다.

① 어머니 온몸으로 그 늙은 몸으로 지켜주신 내 불온은 세상의 어떤 개혁의 바람도 혁명의 불씨도 되지 못했습니다. 내가 가진 온갖 이론은 논리는 거친 군화 발과 총성 앞에서

는 비굴하고 하잘 것 없는 것이었습니다. 추풍낙엽이었습니다. 힘의 논리가 작용하는 곳에서는 맥없이 지는 꽃이었습니다. 차라리 만파식적을 부는 불온의 입술을 가졌어야 했습니다.

—「불온」 부분

②늙어도 어머니 욕심이 없을까? 어머니와 친한 할머니 자식이 비싸고 질 좋은 수의 미리 준비해 놓았다고 날마다 자랑이라고 해서 어머니가 죽으면 뭐 입고 자시고 알기나 아나, 그냥 구름이니 새벽이니 바람이니 햇살이니 다 크나큰 수의라고 여기며 그 보다 더 큰 행복 없다고 새소리 물소리 바람소리 아이들 웃음소리 선소리처럼 앞세우고 가면 더할 나위 없이 좋다고 어머니가 제법 시적으로 말해 주는데 그 말 듣고 참 그렇기도 할 테지 하면서 면회 갔다 나오는 내 마음에 어떤 날보다 더 큰 생채기 하나 슬프게 자리 잡는 것이었다.

—「크나큰 수의」 부분

사랑의 가장 완벽한 형태는 인류적 사랑이다. 하여 사랑은 위에서 아래로 흘러넘치는 저 아가페적인 사랑이거나 그것에 보은하는 치사랑이다. ①과 ②는 인간학을 떠받치는 사랑을 아들과 어머니 사이에 응고시키고 있는데, 그것은 이 세상에 가장 아름다운 사랑의 방식이다. 지금 시인 김왕노는 "불온"한 청년기의 자신의 자화상을 어머니의 희생적 사랑 위에 응고시키면서, 혹은 늙어 "요양원"에 계신 어머니의 "생채기"를 위무하면서, 인륜적 사랑이 무엇인지를 세밀하게 성찰하고 있다. 어머니는 "촛불"이다. 어머니는 "얼굴 가득히 흐르던 눈물"이다. 하여 시인은 "지네보다 더 독한 어머니의 사랑"을 추억하고 회상하면서 자신의 젊은 날의 초상을 들여다보고 있다. "영혼의 심지"를 돋우면서 혹은 자신의 "부끄러움"도 읽어내면서 어머니가 남기신 "푸른 말"의 의미를 되새기고 있다.

　어머니의 모든 말은 "상황버섯 같은 희망"의 전언이다. 때론 "등 굽은 파수꾼"으로 밤을 지켜주시던, 때론 "죄로 얼룩진 옷"도 빨아주시던, 그 어머니의 지난한 초상을 자신의 "불온"한 시절 속에 응고시켜 어머니의 희생적 사랑을 반추하고 있다. 하여 "불온"은 어머니의 믿음이고 사랑이다. 설령 그것이 "반사회적인 것", "개혁의 바람", 그리고 "혁명의 불씨"로 표명되고 있지는 않지만, 젊은 날의 시인의 불온한 태도는 어머니의 아들에 대한 사랑의 자리이다. 그것은 역으로 불온의 희망이자, 불온 속에 새겨진 "세상 부뚜막에 켠 촛불"이다. 지금 어머니 아프셔서 병상에 있지만, 시인은 어머니의 희생적 사랑이 만든 "생채기"를 "크나큰 수의"에 응고시켜 위무하고 있다. "구름과 새벽과 바람과 햇살"을 이 세상의 "수의" 삼아, "새소리 물소리 바람소리 아이들 웃음소리 선소리"와 더불어 삶−시간−세계를 마감하시겠다는 어머니의 푸른 말씀을 회상하면서 깊은 슬픔의 지대를 배회하고 있다.

내 것을 위해 옷핀 하나 꽃 한 송이 새 한 마리 만들지 않
는 내 마음의 창세기 내 마음에 내가 만든 것이나 내 것이
될 수 없는 것이 즐비하다. 내 것 아닌 방울벌레가 아무르장
지뱀이 잘 산다. 내 것 아닌 세상의 상처마저 내 것으로 만
들고 아파하는 내 마음의 창세기
—「내 마음의 창세기」 부분

사랑이 있거나 머물렀던 자리엔 언제나 "상처"나 화농
같은 슬픔이 기입되어 있기 마련이다. 하여 삶—시간—세
계란 결코 주이상스로만 귀결하는 법이 없다. 문제는 "마
음"이다. 문제는 늘 저 마물처럼 흔들리는 마음이라는 미
정형의 공간에서 비롯한다. 헌데 시인 김왕노는 금번 상
재한 『사랑, 그 백년에 대하여』 전체를 사랑의 방정식으
로 풀어내면서, 그 알 수 없는 사랑의 정체를 다양한 방식
으로 심문하고 있다. 대저 사랑이란 무엇인가. 왜 우리는
사랑하고 사랑받기를 원하는가. 그런데 시인은 그러한 사
랑의 지대를 마음이라는 절대 심급을 통해서 신세계를 꿈
꾸고 있다. 시 「내 마음의 창세기」는 이제까지 형성된 시
인 김왕노의 시말운동을 일거에 일신시키면서 새로운 시
말길을 추동하고 있다.
대저 마음으로 새로운 세계를 건설한다는 것은 가능한
가. 시인이 "세상의 상처" 전체를 자신의 것으로 만들면
서 그가 창조한 마음의 정체는 무엇인가. 물론 마음이 새
롭게 창조한 세계가 불의에 항거했던 "불면의 날"들로 휘
어지기는 했지만, 혹은 "새벽에 묵은 꿈에서 깨워주는 새

울음"을 울게 했던 것임에 틀림없지만, 대저 시인 김왕노
가 내건 "마음의 창세기"의 정체는 무엇인가. 그것은 바
로 "내 것"과 "내 것이 될 수 없는 것"을 타자성으로 건너
면서 삶—시간—세계 전체를 정의의 심급 위에 위무하는
것은 아니지.

어쩌면 시인이 경유했던 이를 헤아릴 수 없는 사랑의
자리가 빈 지대임을 체득한 순간, 사랑을 사랑하게 만드
는 것이 이 세상의 모든 타자에게 응고되어 있다는 사실
을 깨달았을지도 모른다. 사랑은 그 방식이 아니라, 사랑
그 자체를 사랑하는 저 절대적인 "마음"에서 비롯하는 것
임에 틀림없다.

5. 글을 나오며

시인 김왕노는 사랑의 사자다. 시인에게 사랑은 "자유
의 결"이고, "영혼의 청정지역"이자, "푸른 아지트"(「아
나키스트의 사랑」)이다. 하여 사랑은 어느 누구나 향유할
수 있지만, 그 어느 누구에게도 소속되어 있지 않다. 사랑
은 사랑을 사랑하는 자의 몫이다. 사랑하고 사랑받으면서
사랑하고픈, 그것이 바로 『사랑, 그 백년에 대하여』의 정
체이자, 시인 김왕노가 말하고 싶은 사랑의 실체이다. 이
를테면 꽃으로 표상되는 사랑은 그 형식을 불문하고 "정
부"이자, "전부"라고 언표하고 있기는 하지만, 하여 시인
의 사랑의 정체가 요나콤플렉스와 극력한 사랑의 지대를

왕래하고 있기도 하지만, 김왕노 시인은 아나키스적 사랑을 하는 것이 아니라, 사랑 그 자체가 아나키스트라고 선언하고 있는지도 모른다. 왜냐하면 사랑은 그 어느 누구에게도 소속될 수 없는 아나키스트이기 때문이다.

　꽃이 내게 정부였다. 꽃 그림자가 나의 당국이었다. 꽃밭이 내게 블루 하우스였다. 물봉선화라는 꽃, 달맞이꽃, 달개비라는 꽃, 상사화라는 꽃, 함박꽃, 너라는 꽃 꽃의 정책으로 내 사랑은 흘러가고 꽃의 향기로 내 사랑은 달아오르고 꽃의 기억으로 내 꽉 다문 영혼의 아랫도리가 후끈 열리고 내 영혼의 처녀시절은 그렇게 마감하고 꽃의 흔들림으로 내 그리움이 물결치고 낙화유수라는 화무십일홍이라도 내 사랑은 꽃과 함께 피고 지고 내 영혼의 아랫입술과 윗입술로 부드럽게 문 너라는 꽃의 이름 꽃이 내게 전부였다. 꽃 그림자가 나의 자궁이었다. 꽃밭이 내게 러브 하우스였다.
　　　　　　　　　　　　　　　　　─「아나키스트의 사랑」 전문